September Princess and Nightingale
九月公主与夜莺

［英］毛姆 著

陈昶妙 译　汤糖糖 绘

北京理工大学出版社
BEIJING INSTITUTE OF TECHNOLOGY PRESS

版权专有　侵权必究

图书在版编目（CIP）数据

九月公主与夜莺 /（英）毛姆著；陈昶妙译 . -- 北京：北京理工大学出版社，2022.4（2025.4 重印）
ISBN 978-7-5763-1025-2

Ⅰ.①九… Ⅱ.①毛… ②陈… Ⅲ.①儿童小说—短篇小说—小说集—英国—现代 Ⅳ.① I561.84

中国版本图书馆 CIP 数据核字（2022）第 028393 号

责任编辑：武丽娟　　**文案编辑：**武丽娟
责任校对：刘亚男　　**责任印制：**施胜娟

出版发行 / 北京理工大学出版社有限责任公司
社　　址 / 北京市丰台区四合庄路 6 号
邮　　编 / 100070
电　　话 /（010）68944451（大众售后服务热线）
　　　　　（010）68912824（大众售后服务热线）
网　　址 / http://www.bitpress.com.cn

版 印 次 / 2025 年 4 月第 1 版第 2 次印刷
印　　刷 / 武汉林瑞升包装科技有限公司
开　　本 / 880 mm × 1230 mm　1/16
印　　张 / 12
字　　数 / 120 千字
定　　价 / 59.90 元

图书出现印装质量问题，请拨打售后服务热线，负责调换

目 录
contents

九月公主与夜莺 001

018 教堂司事

珍珠项链 036

049 贪食忘忧果的人

全懂先生 077

089 午餐

路易丝 098

112 异邦谷田

九月公主与夜莺

　　起初，暹（xiān）罗国王膝下有两个女儿，名叫黑夜和白天。后来又有两个女儿诞生了，于是他改了两个大些的女儿的名字，以四季为女儿们命名，公主们就叫作春、秋、冬、夏。时光荏苒（rěnrǎn），又有三个女儿陆续降生，国王又一次为女儿们改名，这回国王分别以一周里的七天来为公主们命名。等到第八个女儿呱呱坠地时，国王为改名的事犯了难。有一天，他突然想起，每年不是有十二个月份吗？王后说，才十二个月份而已，又有那么多新的名字要记，她都犯糊涂了。但国王是个条理分明的人，而且一旦做了决定，就不可更改。他为所有的女儿都改了名字，按照暹罗语中的月份名称，她们分别叫作一月、二月、三月……最小的那个女儿叫八月，要是再生一个，就叫她九月。

"那就只剩下十月、十一月和十二月了,"王后说,"之后再生的话咱们还得重新起名。"

"用不着重新起名了,"国王说道,"因为我觉得拥有十二个女儿对任何父亲来讲都足够了。等亲爱的小十二月出生后,我将不得不砍掉你的脑袋,尽管我不情愿这么做。"

他说这话的时候哭得很伤心,因为他非常喜欢这位王后。这话当然也让王后坐立不安,因为她知道,如果非得砍掉她的脑袋,那国王将会痛苦不堪,况且砍脑袋对她来说并不是什么好事。所幸他们俩都不用再担心砍脑袋的事了,因为九月是他们最后一个女儿。九月诞生之后,王后就只生儿子,王子们的名字按字母表的字母来取,所以好长时间都不用为砍脑袋的事焦虑了,因为她只生到了J王子。

暹罗国王的女儿们因为一次又一次被改名,积怨颇深。相比年幼一些的公主,年纪稍大的公主被改名的次数更多,因此,她们心中更为愤愤不平。不过九月从来没有被叫过其他名字,她生性温柔善良,又惹人喜爱。当然啦,姐姐们因为愤懑(mèn),给她取了各种各样的绰号。

暹罗国王有个好习惯,值得欧洲效仿。他在过生日那天不仅不收礼物,反而赠送别人礼物。国王似乎很喜欢这样,因为他过去常说,很遗憾自己的生日只有一天,所以一年只能过一次生日。不过,送得多了,导致他所有的结婚礼物、暹罗各市市长呈上的誓词以及自己戴过的旧王冠都被他送了出去。有一年过生日时，国王手头没有别的物件可以赠送，他就给每个女儿送了一只美丽的绿鹦鹉，分别装在一只漂亮的金鸟笼里。国王一共送出了九只鹦鹉，每只鹦鹉的笼子上都写了不同的月份名称，那便是公主们的名字了。九位公主对自己的鹦鹉感到十分自豪，每天花上一小时教鹦鹉说话，因为她们都像国王一样，是条理分明的人。不久，所有鹦鹉都学会用暹罗语说出发音很难的"天佑国王"，有几只鹦鹉还学会了至少用七种东方语言说"漂亮鹦哥"。

然而有一天，九月公主去和自己的鹦鹉道早安时，却发现它躺在金笼子底部，永远睡着了。九月顿时泪如泉涌，宫女们说什么也无济于事。她哭得如此厉害，她们不知如何是好，于是把事情禀告了王后。王后说这简直是胡闹，最好让这孩子饿着肚子上床睡觉。宫女们有宴会要出席，便尽快让九月公主上床睡觉，这样就不用照看她了。九月躺在床上，感到饥肠辘（lù）辘，但还是哭哭啼啼，这时，她看见一只鸟儿蹦蹦跳跳地进了房间，便把大拇指从嘴里拽出来，然后坐了起来。

那只鸟儿开始唱歌，唱的是一支美妙动听的歌，唱到了国王花园里的湖水，唱到了柳树垂首欣赏自己在水中的美态，还唱到了金鱼在柳枝的倒影中游来游去。鸟儿唱完了歌，九月也不哭不闹了，她完全忘了自己没吃晚饭的事。

"真是一支美妙的歌呢！"她说。

鸟儿向九月鞠了躬，艺术家生来礼仪周全，并渴望遇到伯乐。

"您愿意让我来替代您的鹦鹉吗？"鸟儿说，"我长得确实不太好看，不过我的歌喉犹如天籁（lài）。"

九月高兴地拍手叫好，于是鸟儿跳上床尾，唱着歌儿哄她入睡。

次日，九月醒来时，鸟儿还在她身边待着，等她一睁开眼睛，就向她道了早安。宫女们端来早餐，它从九月手里吃了米粒，然后在茶碟里洗了澡。它还在茶碟里喝了水。宫女们说，喝洗澡水太不礼貌了，但九月却说那是艺术家独特的气质。鸟儿吃过早餐，又开始唱歌了。宫女们都非常惊讶，她们之前从没听过如此美妙的歌声，这令九月感到心花怒放，扬扬得意起来。

"我现在要带你去见见八位姐姐。"九月说。

她伸出右手食指，摆成栖木的样子，鸟儿飞了下来，落在上面。然后，她在宫女们的跟随下穿过宫殿，她很注重礼节，依次拜访每一位公主，先从一月开始，一直拜访到八月。每拜访一位公主，鸟儿就唱一支不同的歌。但是其他公主的鹦鹉只会说"天佑国王"和"漂亮鹦哥"。最后，九月带着鸟儿去觐（jìn）见国王和王后，他们感到又惊又喜。

"我就知道，让你饿着肚子上床睡觉准没错。"王后说道。

"这只鸟儿的歌喉比那些鹦鹉好多了。"国王说。

"我应该想到您听腻了人们说'天佑国王'，"王后说，"我不明白孩

子们为什么还要教鹦鹉说这句话。"

"她们的心意是值得赞扬的，"国王说，"我并不在乎听多少遍，不过我确实听腻了那句'漂亮鹦哥'。"

"它们可是会用七种不同的语言说这些呢！"公主们说。

"确实如此。"国王说，"不过，这总会让我想起大臣们。他们会用七种不同的方式去述说同一件事情，但不管再怎么说都是没有意义的！"

正如我之前所说的，公主们积怨颇深，这番话自然使得她们有些恼怒，而那些鹦鹉看起来的确令人扫兴。

九月像百灵鸟那样唱着歌，在宫殿的房间中穿梭，鸟儿绕着她飞来飞去，歌声悦耳，恰似夜莺。它也的确是一只夜莺。

这样的情形持续了好几天。于是，八位公主聚在一起商量对策。她们去找九月，围着她坐了一圈，围坐着的时候她们将自己的双脚藏起来不让它外露，这是暹罗公主该有的仪态。

"可怜的九月！"她们说，"你那只美丽的鹦鹉死了，我们感到很遗憾。我们都有宠物鸟，而你却没有，你一定觉得糟糕透顶吧？所以我们把零花钱凑起来，想给你买一只可爱的黄绿鹦鹉。"

"不劳你们费心。"九月说，"我有宠物鸟了，它会给我唱动听无比的歌。我不知道还要一只黄绿鹦鹉有什么用！"她这样说话可能不太礼貌，但暹罗公主彼此间有时会直言不讳。

一月抽了抽鼻子，然后二月抽了抽鼻子，接着三月又抽了抽鼻子。事实上，所有公主都抽了抽鼻子表示不屑，不过是按照长幼顺序进行的。

九月问："你们为什么抽鼻子？都感冒了吗？"

"好啦，亲爱的妹妹，"她们说，"这小家伙随心所欲飞进飞出，还敢说是你的宠物鸟，这不是很可笑吗？"她们环顾整个房间，把眉毛抬得高高的，额头都快要不见了。

"你们这样会长出可怕的皱纹。"九月说。

"你不介意我们问一下你的宠物鸟现在在哪儿吧？"她们说。

"它去拜访老丈人了。"九月说。

"你凭什么觉得它会回来？"公主们问。

"它总是会回来的。"九月说。

"好吧，亲爱的妹妹。"八位公主说，"如果你肯接纳我们的建议，就不会冒这种风险了。你听着，如果它回来，算你走运。等它回来，把它关进鸟笼里待着。只有这样，你才能对它放心。"

"但是我喜欢让它在房间里飞来飞去。"九月说道。

"安全第一。"姐姐们不怀好意地说。

姐姐们站起来，摇着头走出房间。她们的话让九月忐忑不安。她觉得鸟儿出去的时间太长了，又不知道它在做什么。它也许出事了！外面有鹰，还有会设陷阱的猎人，她无法预料鸟儿会陷入怎样恐怖的危险之中。况且，它可能已经忘记她，可能喜欢上了别人，那就太可怕了。唉，她希望它能够安全回来，然后乖乖地待在那个金笼子里。之前，宫女们埋掉那只死去的鹦鹉后，笼子就空留在原处。

忽然，九月听到耳畔传来一阵啾啾的叫声，她转过头，看见鸟儿就落在她的肩膀上。它飞进来的时候很安静，动作轻盈，以至于她什么声音都没听到。

"我一直在想你到底出了什么事。"九月说。

"我知道您担心我。"鸟儿说，"事实上，我今晚差点就不回来啦。我老丈人要举行宴会，大家都想让我留下来，但我觉得您会放心不下。"

在这种情况下，鸟儿说这些话就不太合适了。

九月感到心脏在怦怦直跳，下决心不再冒险。她举起手抓住了鸟儿，这个动作她已经习以为常了。她喜欢将它捧在手心，感受它那扑通扑通跳得飞快的小心脏，小鸟则留恋她那温暖柔嫩的小手。小鸟并没有起疑心，九月将它带到笼子那儿，把它放了进去，关上门，它这才大吃一惊，一时间竟想不到要说什么。但过了一小会儿，它跳到象牙栖木上，说道："您这是在开什么玩笑吗？"

"这不是开玩笑，"九月说，"母后的猫今晚会跑出来四处游荡，我觉得你还是待在这儿更安全。"

"我不明白王后为什么要养那些猫。"鸟儿有些生气地说道。

"嗯,你瞧,这些猫很特别。"九月说,"它们的眼睛是蓝色的,尾巴上有个结。它们是王室特有的品种,你明白我的意思吗?"

"完全明白。"鸟儿说,"那您为什么不说一声就把我关进笼子里?我不太喜欢这种地方。"

"如果没办法确保你平安无事,我晚上就睡不着了。"

"好吧,就这一次,我不在意。"鸟儿说,"只要您早上放我出去就行了。"

它吃了一顿丰盛的晚餐,然后开始唱歌,但唱到中间时停了下来。

"不知道怎么回事,"它说,"我今晚不想唱歌。"

"好吧,"九月说,"那就睡觉吧。"

它把脑袋埋在翅膀下，不一会儿就睡着了。九月也上床睡觉了。破晓时分，她被惊醒了，鸟儿在高声呼唤她。

"醒醒！醒醒！"它说，"打开笼子的门，放我出去。我想趁着地上还有露水的时候好好飞一趟。"

"你待在里面会更好。"九月说，"你拥有这么漂亮的金笼子，这个笼子是王国里最好的工匠制作的，父王非常喜欢，于是就砍掉了那个工匠的脑袋，让他再也做不出第二个。"

"放我出去！放我出去！"鸟儿说。

"宫女会为你端上一日三餐。从早到晚，你都不用操心，就尽情唱歌吧。"

"放我出去！放我出去！"鸟儿说道。它试着从笼子的栅栏之间溜出去，这当然做不到，它使劲撞击笼子的门，当然也打不开。

八位公主进来看着它，她们对九月说，接受建议是很明智的选择。她们还说，它很快就会习惯这个笼子，过几天就会完全忘记自由的滋味。她们在的时候，鸟儿缄（jiān）默不语，但她们一走，它就再次开始呼喊："放我出去！放我出去！"

"别这么傻气啦。"九月说，"我把你关进笼子里，是因为我非常爱你。我比你自己更清楚什么对你有好处。唱支小曲给我听吧，这块红糖就给你。"

鸟儿就这样蹲在笼子的角落,看着蔚蓝的天空,连一个音符也没唱出来。它一整天都没开口唱歌。

"你这样生闷气有什么用呢?"九月说,"你为什么不唱唱歌,然后忘记烦恼呢?"

"我怎么唱得出来?"鸟儿回答,"我想看看树木和湖泊,还有那长在田野里绿油油的稻谷。"

"如果你想看的话,我带你去散步吧。"九月说。

她提起笼子出去了,来到垂柳环绕的湖边,又站在一望无垠的稻田边上。

"以后我每天都带你出来散步,"

她说,"因为我爱你,我只想让你能够快乐。"

"这怎么能一样?"鸟儿说,"我在笼子里面望向外面时,那些稻田、湖泊和柳树就完全不一样了。"

于是,九月又把小鸟带回家,给它端上晚餐,但它一口也不吃。九月有些着急了,便去问姐姐们的看法。

"你绝不能心软。"她们说。

"但它不吃东西的话会饿死的。"九月回答说。

"那便是它忘恩负义了。"她们说,"它肯定知道你是为它好。如果它固执到不顾性命,那也是咎由自取,你就可以彻底解脱,再不必为它而烦心了。"

九月看不出这对她有什么好处,但姐姐们人多势众,又比她年长,所以她没再说什么。

"也许它明天就会习惯笼子了吧。"她说。

第二天,九月醒来了,她愉快地喊了声"早安",但没听到回应。她跳下床,跑到笼子边,发出一声惊呼。鸟儿就侧躺在笼子底部,双眼紧闭,看起来已经断气了。

她打开笼门,伸手把鸟儿捧出来,才松了一口气,因为她感觉到它那小小的心脏仍在跳动着。

"醒醒!醒醒啊,鸟儿!"她说。

她开始哭泣,眼泪掉到鸟儿身上。小鸟睁开眼睛,感觉到周围不再是笼子的栅栏。

"如果不自由,我就无法唱歌。要是不唱歌,我就要死了。"它说。

九月抽噎起来:"你自由了。我把你关在金笼子里,是因为我爱你,想让你完全变成我的。但我从不知道这样做会让你死掉。去吧,飞到湖边的树丛里,飞到绿色的稻田上。我爱你,你怎么幸福就怎么来吧!"

她打开窗户,轻轻地把鸟儿放到窗台上,它抖了抖身子。

"你想走就走吧,鸟儿。"她说,"我再也不会把你关进笼子里了。"

"我还会回来的,我的小公主,因为我爱您!"鸟儿说,"我会为您唱我所知道的最优美的曲子。我要到很远的地方去,但我总会回来的,我永远也不会忘记您。"

它再次抖了抖僵硬的身子:"天哪,我真的该动一动啦!"

说完,它张开翅膀,立即飞向了蓝天。

九月痛哭流涕,因为把心上人的幸福放在自身幸福之前是一件很艰难的事情。

鸟儿飞走了,她突然感到非常孤单。

姐姐们知道了事情的来龙去脉,嘲讽她,说鸟儿再也不会飞回来了,但最后它还是回来了。它落在九月的肩上,在她手里吃东西,为她唱美妙的歌曲,那是它在这个世界上很多美丽的地方飞来飞去时所学的。

无论白天黑夜，九月都开着窗户，这样鸟儿就可以随时进入她的房间。她本人也得益于开窗带来的好处，出落得极为美丽。

等到了待婚年纪，她嫁给了柬埔寨国王，一头白象驮着她来到国王居住的城市。

但她的姐姐们在睡觉时从不开着窗户，所以变得极其丑陋，脾气也不好，等到了该嫁人的年纪，全都被国王送给了大臣们。她们的嫁妆只有一磅茶叶和一只暹罗猫。

教堂司事

内维尔广场的圣彼得教堂下午举行了一场洗礼仪式,所以,这会儿艾伯特·爱德华·福尔曼依旧穿着他的司事长袍。他身上穿的这件长袍在长袍中不算是上等品,稍微次一些。除此之外,他还有套崭新的司事长袍,他总是喜欢将它叠得棱角分明,那件长袍看起来倒不像用羊驼绒面料裁剪的,而像上了年头的青铜铸造的。

因为内维尔广场的圣彼得教堂备受上流社会人士青睐,他们经常会来此操办红白喜事,所以,只有在举行葬礼或婚礼时,艾伯特才会穿上他的那件新长袍。

他穿着司事长袍,心中踌躇(chóuchú)满志,这身长袍是他神职的庄严象征。不穿长袍时,他会有种不安的感觉,仿佛衣不蔽体。比如,每次换衣服回家时,他就会有这种感觉。

艾伯特在这座教堂任职司事已经十六年了,穿过很多长袍,在长袍的处理上,他也是煞费苦心。

他总是喜欢亲自动手熨烫长袍,就算它们变得破旧不堪,他也不舍得丢弃。所有破旧的长袍都被他用牛皮纸小心翼翼地包着,整整齐齐地放在卧室衣橱底层的抽屉里。

这会儿工夫,艾伯特在教堂里默默地忙碌着。他一会儿换掉了大理石洗礼池上那块涂了漆的木盖子,一会儿又收走了给下午洗礼仪式上那位虚弱的老妇人准备的椅子。

接下来,只要等牧师到法衣室更衣完毕,他再进去收拾一下就可以回家了。

他眼巴巴地看着牧师绕过圣坛,在正祭台前屈膝跪拜,然后沿着过道走下来。不过牧师还没换掉长袍呢。

"他在那儿晃悠啥呢?"艾伯特看着他,喃喃自语,"别耽搁我回家喝茶啊。"

这位牧师刚受命任职不久,是个四十岁出头的男人,精力十分充沛。艾伯特还在为之前的老牧师感到遗憾。

老牧师是位保守的神职人员,布道时声音清越、不慌不忙,他常常与贵族出身的教区居民外出用餐。他喜欢将教堂里的一切都安排得井井有条,

而且从不大惊小怪，不像这个新来的牧师，无论什么大大小小的事情都想去插手。

不过，艾伯特生性宽容，圣彼得教堂又位于一片十分和气的街区，教区居民也都宽厚友善。

新牧师来自伦敦东区，要他一下子就接受上流社会教堂会众那种谨慎的行事方式是不太可能的。

"这个人总爱瞎操心！"艾伯特心里说，"给他点时间吧，以后应该会长见识的。"

牧师沿着过道走了一段距离。

现在，就算他不扯着嗓子，仅仅用在礼拜堂里祈祷的声音也能和艾伯特对话。

于是，他停了下来："福尔曼，请到法衣室来一下好吗？我有话跟你说。"

"好的，先生。"

牧师等他走过来，一起朝堂内走去。

"好一个顺利的洗礼仪式呢，先生。我搞不懂为啥您一抱那娃娃，他便立刻不闹了。"艾伯特边走边说。

"我也留意过，他们总是这样。"牧师微笑着说，"不管怎么说，我习惯和娃娃们打交道了。"

这位新牧师几乎总能凭着拥抱的方式让哭闹不止的婴儿安静下来，这对他来说是一种骄傲。他也意识到，那些母亲或保姆在看到婴儿安静地躺在他那穿着白色长袍的臂弯中，便会朝他露出既愉快又钦佩的表情。

艾伯特知道，赞美牧师的才华能取悦于他。

他和牧师一前一后进了法衣室。当他看到两名堂会理事也坐在那里，感觉有点惊讶，因为他事先没看到他们进来。

堂会理事们和气地向他点了点头。

"午安，阁下！午安，先生！"他先后跟他们打了招呼。

两位堂会理事的年纪都有些老，他们任职的时间几乎快赶上艾伯特担任教堂司事的时间了。他们现在坐在一张漂亮的餐桌旁，那是老牧师多年前从意大利捎回来的。牧师就在他们中间的空椅上落座。艾伯特与他们仅有一桌之隔，他有些心神不定，急于知道发生了什么事情。他还记得那个风琴手惹上麻烦时，他们为了掩饰费了多大心思，因为在内维尔广场圣彼得教堂这样的地方，他们无法容忍丑闻。牧师红通通的脸上露出和蔼却坚定的表情，不过两名堂会理事的神情就略显不安了。

"牧师肯定在纠缠他们，"艾伯特自言自语道，"不晓得他哄骗他们是想让他们去做什么，不过他们才不会听他的。这事儿准是这样，走着瞧呗！"

艾伯特虽然这样想，但他那张气度非凡的脸上并没有表露出这种情绪。

他恭恭敬敬地站着,一点也不卑躬屈膝。他在被委任神职之前曾经当过仆人,不过仅为非常体面的家庭提供服务,而且他的行为举止无可挑剔。他最初在一位富商家里当小杂役,从四等仆人逐渐晋升为最高等的仆人。之后,他在一位孀居贵妇家里当了一年的无帮手管家,后来又在一位退休的大使家里担任管家,手底下有两人听差,直到圣彼得教堂的职位有了空缺他才离开。他身材高大，体格壮实，为人严肃庄重。如果他看起来不像公爵，那至少也像专门扮演公爵角色的老派演员。他机敏老练，意志坚定且自信不疑。他的品格无可挑剔。

牧师轻快地开了腔："福尔曼，我们有件不愉快的事要跟你说。你在这里工作多年，我想爵爷和将军都同意我的看法，你尽职尽责，令跟你打交道的每位人士都感到满意。"

两位堂会理事点点头。

"但前几天，我发现一种出人意料的情况，我觉得我必须告诉堂会理事们。你竟然不识字！这太让我惊讶了！"

艾伯特神色自若，没有一丝尴尬。

"老牧师知道这事儿呢，先生。"他回答道，"他说了这个不碍事。"

"这真令人吃惊，简直闻所未闻！"将军惊讶地站起来喊道，"你是说，你在本堂任职十六年，却一直不识字？"

"我十二岁就做仆人了，先生。第一户人家的厨子想教我识得几个字，奈何我在这方面不怎么开窍。后来事情一件接一件，我真挤不出时间学。我一直没觉得自己识字有什么用处，我能用这些时间做点其他事情呢。"

"但你不想读读新闻吗？"另一位堂会理事说道，"难道你从来都不写信吗？"

"不用的，阁下。我用不着识字也能很好地搞定这些事儿。这几年来，

报纸上都登了照片,发生什么事我知道得一清二楚。我妻子有些学问,如果我要写信,她就帮我写。何况我又不爱好赌马,也用不着写写算算。"

两位堂会理事发愁地看了牧师一眼,然后垂首看向桌面。

"好啦,福尔曼。我已经和两位绅士谈过此事。他们和我的看法一致,我们无法接受这种情况,圣彼得教堂里也不能有个不识字的司事。"

艾伯特那张瘦削蜡黄的脸涨得通红,他不安地站着,什么话也没说。

"请你谅解我,福尔曼。我对你没什么可抱怨的。你的工作很让人满意,我对你的品格和能力有着很

高的评价。遗憾的是你不识字,这可能会导致一些意外的发生,我们无权为此承担风险。这是原则问题,我们谨慎一些也是有必要的。"

"你就不能学学吗,福尔曼?"将军问道。

"先生,恐怕不能,我现在办不到。您看,我也不是小伙子了,要是小时候都学不会,我想现在也不大行。"

"我们不想对你太苛刻,福尔曼。"牧师说,"不过,我和堂会理事们已经下定决心了。我们给你三个月时间,要是你最终都没能学会读写,恐怕只能离开这儿了。"

艾伯特一直不喜欢这位新牧师。他从一开始便说,把圣彼得教堂交给这位牧师管理就是个错误。这位牧师不是他们想要的那种人,他不配拥有如此优秀的教堂会众。现在艾伯特挺直身子。他知道自己的价值所在,所以不会平白受到欺凌。

"十分抱歉,先生。恐怕三个月也不顶事儿。我年纪大了,学不会新的把戏。我活了这么多年,一直没文化,也不爱自卖自夸,自夸可算不上啥优点。但我得这么说,仁慈的上帝让我待在这儿,我就在这儿挑起了这副担子。哪怕是现在我还能够去学习,那我也不太想学了。"

"要是这样的话,恐怕你得离开了,福尔曼。"

"好的,先生,我晓得。您一找到人顶替我的位子,我就辞职走人。"

艾伯特走到牧师和两位堂会理事身后,像往常那样毕恭毕敬地关上教堂

的大门。但他受到沉重打击，此刻已无法维持他那种泰然自若的神情了。他的嘴唇颤抖不已。

他慢吞吞地走到法衣室，把司事长袍挂回钩子上。这套长袍见证过那么多盛大的葬礼和时髦（máo）的婚礼，他一想到这些就叹气。他整理好一切，然后穿上外套，拿起帽子，沿着过道走去。

他锁好教堂的门，信步穿过广场。但他仍沉浸在忧伤的思绪中，因而拐错了弯，没有踏上回家的路，尽管家里有杯泡得浓浓的好茶正等着他。

他慢腾腾地走着，心情很沉重。他不知道自己该如何是好，他不想回去继续当仆人。这么多年都是自己做主，牧师和堂会理事可以随意说点什么，但他才是打理圣彼得教堂的人，他无法接受那些自降身份的工作。他虽然存下了一笔数目可观的钱，但坐吃山空是不够的，生活成本似乎一年高于一年了。

他从没想过自己会为这些问题烦恼，毕竟圣彼得教堂的司事和罗马教皇一样是终身任职的。他经常幻想自己去世后的首个礼拜日，牧师在晚祷布道时亲切地提起已故的司事艾伯特·爱德华·福尔曼，提到他长久以来虔诚侍奉上帝，他的品格堪为模范。

他深深叹了口气。艾伯特虽然烟酒不沾，但留有一定余地。也就是说，他在晚餐时喜欢喝一杯啤酒，劳累时会抽上一根香烟。他现在觉得，来根香烟可以安慰一下自己。他身上没有携带香烟，便环顾四周想找间商店买包金

箔片香烟。他没找到商店,便往前走了一些。这是一条长街,街上各色商店林立,但没有一间商店在卖香烟。

"真是怪事!"艾伯特说道。

他又一次沿着街道走去,好瞧瞧自己是否看走眼。好啦,这下可真相大白了。

他停下来,若有所思地四处张望。

"这么多人在街上溜达,我怎么可能是唯一想来根香烟的呢?"他这样想着,"我倒不纳闷,要是有个伙计在这儿开家小店,生意会多么火爆啊!就卖香烟和糖果!"

他猛然吃了一惊:"这倒是个好点子!真神奇,一些想法总会在人最意想不到的时候冒出来。"

他转身回家,享用了那杯茶。

"你今天下午怎么一声不吭,艾伯特?"他的妻子说。

"我在想点事情。"他说。

他从方方面面琢磨起了开店的事。

第二天一早,他便顺着那条街道走了过去。他运气不错,找到一间看上去恰好合适又正在寻租的小店。二十四小时后,他租了那间店。

一个月后,艾伯特·爱德华·福尔曼离开了内维尔广场圣彼得教堂。他开始做生意,就卖烟草制品和报刊。

他的妻子说他以前是圣彼得教堂的司事,而现在却做这种小生意,简直就是在走下坡路嘛。不过他回答说,人要与时俱进,教堂已经今非昔比了,他也就可以撒手不管了,而且他还认为,在教堂任司事和经商是不分贵贱的。

艾伯特的生意经营得好极了。过了一年左右,他突发奇想,打算再多开一家店,然后雇一名经理来打理。他开始寻找另一条没有烟草店的街道,找到之后再找找看是否有小店招租,然后把小店租下来备上货。同样,第二间店铺也经营得有声有色。

他想,要是能经营两家店,那经营六家店也没问题。于是,他在伦敦到处走动,每发现一条没有烟草店的长街,他都租下街上一间店铺。

十年里,他开了不下十间烟草店,赚得盆满钵(bō)满。每逢礼拜一,他就亲自到所有店里转转,把上个礼拜的收入带去银行存起来。

一天早上,他正在银行把一捆钞票和一大袋银币存入账户时,出纳员说经理想见他。

他点了点头,被出纳员带着进了银行经理的办公室。

经理和他握手致意:"福尔曼先生,我想和您谈谈存款的事。您知道自己究竟存了多少钱在我们这儿吗?"

"应该不止一两万英镑吧,先生。不过,我只记得一个大概的数目。"

"除了今天早上的,您还有三万多英镑存款呢。这笔存款数目不小,我认为您用来投资最佳。"

"我不想担风险,先生。我知道存在银行里安全得很。"

"您不必操一点心。我们会给您列出一张单子,上面全是绝对可靠的证券。证券利息高于银行利率呢。"

艾伯特那张器宇不凡的脸上露出了一丝不安的神色:"我从没碰过证

券，您得帮我搞定这一切。"

经理笑了："没问题，您下次来签名转账就行了。"

"签名倒还好，"艾伯特迟疑地说，"不过，我怎么知道自己签的是什么文件？"

"我想您应该不会不识字吧？"经理有点不客气地说。

艾伯特的笑容让他生不起气来。

"哦，先生，您说对了，我确实是不识字的呢。我知道这听起来有些荒谬，但事实就是这样。我只认得自己的名字，而且是在我经商之后才学会的。"

经理吃惊地从椅子上跳起来："真想不到啊，这简直是闻所未闻！"

"您看，是这样的，先生。我总是没有机会学习，后来想学也晚了。再后来，我就更不愿意去学了。我这人是个老顽固。"

经理直勾勾地看着他，仿佛他是远古时代的怪物一样。

"您是说，您在不识字的情况下建起了这么有价值的业务，还攒下了三万英镑的财富？天哪！要是您识字的话，现在得有多了不起啊！"

艾伯特没有说话，那贵族般的面容泛起了一丝微笑。

珍珠项链

"真巧啊，能够跟您坐在一起！"我们坐下就餐时，劳拉快活地说。

"我也是这么想的。"我不失礼貌地回答。

"我的运气真的太好了，因为我一直想找机会跟您聊几句。我有个故事要跟您说，我觉得这个故事，你可以当作素材来用。这是我几个朋友的亲身经历，绝对真实！"

"您说吧，我竖着耳朵听呢。"

她叹了口气，说："唉！这事儿发生的时候我在场。我和利文斯敦一家正在用餐。您认识利文斯敦家的人吗？"

"不认识。"

"嗯，您可以去问问他们，他们能证明我说的话全是真的。那天，利文斯敦夫妇在家请朋友们吃晚餐，都快开席了，有位女士却临时爽约了，这样一来，参加晚宴的只剩下了十三个人。于是，利文斯敦夫妇就让家里的女教师上桌来凑了个数。他们的家庭教师是鲁宾逊小姐。她是个好姑娘，年纪轻轻的，二十还是二十一岁来着，长得相当好看。鲁宾逊小姐的个人简介写得很不错，我必须承认她是个讨人喜欢又值得尊敬的好姑娘。我觉得她更像是一位牧师的女儿。

　　用餐的宾客中有一名男子，我想您可能没听说过，不过这人在他擅长的领域里可是大名鼎鼎。他就是康特·博尔塞利，他比世界上任何人都懂得珠宝的鉴别。他坐在玛丽·林格特旁边。玛丽·林格特对自己戴的珍珠项链得意得很，聊天的时候便问他觉得自己的项链怎么样。他说东西挺漂亮。她听了这话大为不满，便告诉他这串项链价值八千英镑。

　　'嗯，值这个价钱。'他说道。

　　鲁宾逊小姐坐在他对面。那天晚上她看上去美丽动人。我当然认得她穿的那条裙子，那是索菲穿剩下的。不过您要是不知道鲁宾逊小姐是家庭教师，您永远也不会觉得她是这么个身份。

　　'那位年轻女士戴的项链非常美丽。'博尔塞利说道。

　　'哦，但她是利文斯敦夫人的家庭教师。'玛丽·林格特说。

　　'实在没办法。'他说，'她戴的那串项链就珍珠的大小而言，是我毕生所见最美的一串了。那串项链肯定值五万英镑。'

'胡说八道。'

'我向您保证。'

玛丽·林格特探过身来，她的嗓音尖锐刺耳：'鲁宾逊小姐，您知道康特·博尔塞利在说什么吗？他说您脖子上的珍珠项链价值五万英镑。'

就在那一刻，餐桌上的谈话停了下来，大家都听到了她说的话。我们全都转头看着鲁宾逊小姐。她脸上泛起淡淡红晕，笑了起来。

'嗯，那我可得了大便宜。'她说，'我才花了十五先令。'

'您说的可真是大实话！'

我们全都笑开了。这当然很荒谬。妻子把昂贵的真珍珠项链当作仿冒品哄骗丈夫的故事已经尽人皆知。这个故事真是老掉牙了。"

"谢谢您！"我想起自己写过的小故事，便说了这么一句。

"一个姑娘拥有了一串价值五万英镑的珍珠项链，居然还肯当家庭教师？这样的想法未免太可笑了吧。显然是这位'康特·博尔塞利'失算了。然后，一件怪事发生了。太巧了，真是'巧合之事无处不在啊'！"

"不要再这么说了。"我反驳道，"这种词语用得太广泛了。您就没读过那本叫作《英语惯用法词典》的好书吗？"

"我正讲到最激动人心的地方，希望您别打断我。"

不过，我还得再度打断她，因为一条烤好的嫩三文鱼悄然从我的左侧上了桌。

"利文斯敦夫人为我们准备了美味的晚餐。"我打趣着说道。

"吃三文鱼容易发胖吗？"劳拉问道。

"胖得厉害。"我说着便切了一大份鱼肉。

"瞎说什么。"她说道。

"接着说呀。"我央求她，"既然'巧合之事无处不在'，那么接下来又是怎么个'巧'法呢？"

"好吧，就在那一刻，管家俯下身子在鲁宾逊小姐耳旁低声说了点什么。我觉得她的脸色白了几分。

鲁宾逊小姐听完管家的话，一脸吃惊，然后俯身向前，说：'利文斯敦夫人，道森说大厅里来了两个人，他们想立刻跟我谈谈。'

'好的，你快去吧。'索菲·利文斯敦说道。

鲁宾逊小姐起身离开了餐厅。当然啦，在座所有人心里都闪过同样的念头，不过，我是头一个说出来的。

'我希望他们不是来抓她的。'我跟索菲说，'亲爱的，那对您来说太可怕了。'

'博尔塞利，您确定那串项链是真的吗？'索菲·利文斯敦问道。

'嗯，完全确定。'

'要是项链是偷来的，她今晚就没有勇气戴着了。'我说。

索菲·利文斯敦虽然化了妆，但是面如死灰。我看得出她想搞清楚自己的珠宝盒是否安然无恙（yàng）。我只戴了一串细钻项链，但还是本能地伸手摸摸脖子，看看链子还在不在。

'别乱说话。'利文斯敦夫人说，'鲁宾逊小姐到底怎么会有机会拿到那串贵重的珍珠项链呢？'

'或许是别人去偷的，而她才是那个幕后策划者。'

'噢，但是介绍她的推荐信写得那么好。'索菲说。

'这类人的推荐信一向写得不错。'我说。"

我确实得再度打断劳拉："您对这件事的看法似乎并不乐观。"

"当然啦，我对鲁宾逊小姐一无所知，我有千万个理由认为她是个好姑娘。但要是发现她是个臭名昭彰（zhāozhāng）的贼，而且是跨国诈骗团伙的知名成员，那就相当惊人啦。"

"就跟演电影似的。恐怕只有电影里才会发生如此惊心动魄的事情。"

"好吧。我们屏住呼吸，紧张地等待着，但是一点动静也没有。我以为会听到大厅里传来扭打的声音，至少是被强行压下的尖叫声。我觉得这片平静是不祥的。然后，门打开了，鲁宾逊小姐走了进来。我立刻注意到她脖子上的项链不见了。我看得出她脸色苍白但神情兴奋。她回到桌前坐下来，微笑着朝那儿扔了……"

"哪儿？"

"桌上啊，您这傻瓜。鲁宾逊小姐朝桌上扔了一串珍珠项链，说：'我

的项链在这里。'

康特·博尔塞利俯身看去：'咦，但这串是仿冒品。'

她哈哈大笑起来：'我跟您说过的。'

'这串项链不是您片刻之前戴的那串。'他说。

她摇摇头，笑得神秘兮兮。我们全都很好奇。我不知道索菲·利文斯敦是否十分乐意让自己的家庭教师成为众人的焦点。当她提议鲁宾逊小姐最好解释一下的时候，我觉得她的态度似乎有点尖酸。鲁宾逊小姐说，她走进大厅后，发现有两位自称从雅罗商店来的男子。她先前说过自己的项链是在这家商店花十五先令买来的。因为扣子松了，她便把项链送回去修，当天下午才取回的。一名男子说他们还错项链了。有人留下一串真的珍珠项链，需要重新穿起来，店员便将这两串给拿错了。当然，我不明白为什么会有人这么傻，居然把价值不菲的真珍珠项链拿到雅罗去。

他们不习惯处理这类事情，他们分不清真货和仿冒品。不过您也知道，有些女士是多么愚蠢。不管怎么说，鲁宾逊小姐戴的便是那串价值五万英镑的项链。她自然要把项链归还给他们，我想她也没办法嘛，尽管她一定感到很痛苦。他们便把她那串项链物归原主。接着他们又说接到指示，要给她一张三百英镑的支票，作为伤害赔偿金或者随便什么费用，尽管他们没有义务这样做。您也知道，男人在努力表现出公事公办的时候，总用那种傻气、自负的口气说话。事实上，鲁宾逊小姐把支票给我们看了一番。她简直喜不自胜。"

"好吧，这就是运气好，不是吗？"

"您以为是这样吗？事实证明，这事儿毁了她。"

"哦，怎么回事呢？"

"嗯，她在该休假的时候跟索菲·利文斯敦说，她决定去多维尔待上一个月，把那三百英镑全部挥霍掉。索菲当然试着劝她不要这样做，并劝她把钱存入储蓄银行，但她哪里肯听。她说自己之前从未有过这样的机会，以后也不会再有了。她打算在至少四个礼拜的时间里过一过公爵夫人的生活。索菲实在没有办法了，只得让步。她把自己很多不要的衣服转手都送给了鲁宾逊小姐，这些衣服她穿了一整季，烦得要命。她说

自己是白送给她的，但我不这么认为。我敢说她是便宜卖掉的。鲁宾逊小姐便孤身一人启程前往多维尔。您觉得接下来发生了什么事情呢？"

"我不知道。"我回答说，"我希望她玩得痛快。"

"好吧，在她要回来的前一个礼拜，她写信给索菲说自己改变了计划并开始干另一份工作了，希望如果她不回来的话，利文斯敦夫人能够原谅她。可怜的索菲当然气坏了。事实上，鲁宾逊小姐在多维尔认识了一个富有的阿根廷人，并和他一起去了巴黎。从那以后，她一直在巴黎。有一次，我在弗洛伦丝家见过她，手上戴满了手镯，都戴到了胳膊肘，脖子上也全是珍珠项链，太浮夸了。她一直在炫耀，我当然对她不理不睬啦。他们说她在布洛涅森林有一处房子，我知道她有一辆劳斯莱斯。总而言之，她变了。"

"我的结论是，您说她毁了的时候，您的用词纯粹（cuì）是字面意思对吧？"我说道。

"我不知道您想说什么。"劳拉说，"不过，您不觉得您可以用这事儿写个故事吗？"

"可惜的是，我已经写过一个关于珍珠项链的故事了，总不能老写关于珍珠项链的故事吧。"

"我有点想自己动笔。不过当然啦，我要改改故事的结局。"

"哦，您要怎么改？"

"嗯，我该让她和一位银行职员订婚。那个男人在战争中伤得很重，比如说，只剩一条腿，或者半边脸被打没了。他们穷得叮当响，可能要好几年都没办法举办一场婚礼。他用尽所有的积蓄才在郊区买了套小房子。当他付完最后一笔分期付款时，两个人就准备携手共度一生了。然后，她将那三百英镑交给了他，他们简直不敢相信自己拥有这笔财富，他们是那样高兴，他靠在她的肩膀哭了，哭得简直像个孩子。

等郊区的小房子到手后，他们结了婚，婚后，他们将他那年迈的母亲接过来一起住。他每天去银行上班，而她白天依旧可以去别人家里当家庭教师，当然，只要他们暂时不要孩子的话。他受过伤，所以经常生病，您懂的，她就一直细心地

照顾着他。这一切听起来都是那么可悲,但同时又是那么甜蜜和美好。"

"对我来说,这听起来好像没什么意思。"我冒昧地说。

"没错,但它具有教育意义。"劳拉说。

贪食忘忧果的人

我想见一见托马斯·威尔逊,因为他做事的风格既有趣又大胆。根据我从别人嘴里听到的来判断,他应该是个怪人,这让我很想认识他。别人说他沉默寡言,但我觉得,凭着我的耐心和机智,一定可以说服他向我讲述他所经历的一切事情。

我终于认识他了,还真和我先前的印象并没有多大的区别。初次见他是在卡普里岛的广场上,当时我到朋友的别墅那儿享受八月时光。夕阳西下前的一刻,许多本地居民和外来游客聚在一起,一边纳凉,一边和朋友闲聊。广场上有个露台可以俯瞰那不勒斯海湾,当夕阳缓缓沉入大海时,绚烂的霞光便勾勒出伊斯基亚岛美丽的轮廓。这真是世界上最迷人的胜景之一。我和朋友站在那儿饱览美景,他突然间说道:"快看,那个人就是威尔逊!"

"在哪儿呢？"

"他就背对着咱们坐在矮墙上，穿蓝衬衫那个。"

我瞥（piē）见他那不起眼的后背和灰白的头发。他的身材又瘦又小。

"他转过来就好了。"我说道。

"很快就会的。"

"把他请到莫尔加诺酒馆喝一杯吧。"

"好吧。"

眼前的美景转瞬即逝，夕阳跟橘子似的，慢慢落入染成深红色的大海里。我们转身背靠着矮墙，望着那些来回闲逛的人。他们全在谈天说地，那欢快的声音让人听了高兴。教堂的钟声响起，钟虽有些破裂，但声音洪亮悦耳。钟楼矗（chù）立在通向港口的小径上，教堂坐落在钟楼一边的阶梯上。卡普里岛的广场真是表演意大利的葛塔诺·多尼采蒂①浪漫主义歌剧的绝佳之处。你若站在广场上，便会生出一种感觉：这些谈笑风生的人们随时可能唱起热情欢快、自由奔放的合唱曲。这样的情景如梦如幻，令人心醉。

我陶醉于美景之中，甚至没发觉威尔逊已从墙上下去并且朝我们的方向走来了。他经过我们身边时，朋友叫住了他。

"你好，威尔逊！前几天怎么没出来游泳？"

---

① 葛塔诺·多尼采蒂：意大利著名的歌剧作曲家，也是浪漫主义歌剧乐派的代表人物。

"出来啦,我换了换地方,到另一边游的。"

朋友把我介绍给他。威尔逊彬彬有礼地和我握手,但态度并不算热情。

卡普里岛的陌生来客很多,一般只住上几天或几个礼拜。我敢肯定,他时常碰到来来往往的游客。朋友请他跟我们喝一杯。

"我要回去吃晚饭了。"他说。

"迟点不行吗?"我问道。

"可以啊!"他笑着说。

他牙齿不太好,但笑容温柔亲切,十分动人。他身穿蓝色棉衬衫和灰色薄帆布长裤,裤子皱巴巴的不太干净,脚穿一双旧帆布鞋。他这身打扮极具个性,与此地的风景和天气都很相宜,不过和他的面容不太相配。他的脸上布满皱纹,脸被晒得很黑,嘴唇薄薄的,灰色的眼睛小小的且靠得很近,五官整齐美观。他那灰白的头发仔细梳理过。威尔逊长得并非毫不起眼,他年轻时也许挺好看,但也可能古板得很。他穿着开领口的蓝衬衫和灰色帆布长裤,但这些衣物不像属于他的,反而像他穿着睡衣遭遇了船难后,同情他的陌生人给他套上的奇装异服一样。尽管他穿得很随意,但看上去还是很像一位保险公司的经理,或许他该穿上黑色外套和深浅相间的长裤,在白色领子下系一条得体的领带。我在脑海里幻想着自己丢了块手表,跑去找他索要保险赔偿金的场景,幻想中,他明显对我的印象不是很好,我有些尴尬地回答他所提出的问题,尽管他表现得温文尔雅,但他认为,像我这种前来索赔的人不是傻瓜就是无赖。

我们离开露台,漫步穿过广场,沿着街道走到莫尔加诺酒馆,坐到花园里。周围的人用什么语言攀谈的都有,俄语、德语、意大利语和英语随处可以听见。

我们坐下后,点了酒水。店主的妻子唐娜·露西娅一摇一摆地走了过来,她用甜美低沉的嗓音向我们打招呼。虽然她已到中年,体态臃肿,但年轻时的花容月貌依稀可见。她的美貌在三十年前曾引得画家们纷纷为她画了大量的肖像画。她那双水汪汪的大眼睛不逊色于天后赫拉①的美目,她的笑容优雅而深情。

我们三人闲聊了一阵子,卡普里岛上有很多话题可以聊,但没什么特别有趣的事情。过了没多久,威尔逊便起身离开了。不久,我们也回到了别墅吃晚饭。

回去的路上,朋友问我对威尔逊这个人怎么看。

"我觉得他就是普普通通的商人。"我回答他。

朋友笑了笑,没再说什么。

我们习惯在一片叫作"提比略浴场"的海滩上游泳。我们乘着马车走了一段路,然后散步穿过柠檬树林和葡萄园,那里烈日炎炎,蝉鸣阵阵。我们来到崖顶,悬崖下有条崎岖陡峭的小路通向大海。

一两天后,就在我们准备下去时,朋友说:"啊,又见到威尔逊了。"

我们在海滩上嘎吱嘎吱地走着,这个浴场唯一的缺点就在于它是卵石滩而不是沙滩。我们来到这里之后,威尔逊瞧见了我们,朝我们挥手致意。他站在那儿,嘴里叼着烟斗,身上只穿着游泳裤。他的皮肤呈深棕色,人瘦小但不憔悴,相比脸上的皱纹和头上的白发,他的身体略显年轻一些。我们走得大汗淋漓,很快便脱光衣服,一下子扎进了水里。这片海域离岸六英尺的地方水深三十英尺,不过倒是清澈见底。水暖洋洋的,令人神清气爽。

---

① 天后赫拉:是古希腊神话中宙斯的妻子之一,同时也是婚姻与生育女神。

我从水里出来时，威尔逊正垫着毛巾俯在地上看书。我点了一根香烟，走过去坐在他旁边。

"游得痛快吗？"

他把烟斗放进书里做好记号，然后合上书放到旁边的鹅卵石上。他明显想聊两句。

"痛快极了！"我说，"这儿是全世界最适合游泳的地方。"

"人们都以为这就是古罗马第二位皇帝提比略①的大浴场，"他坐了起来，朝那堆不成形且半浸在水中的砖石摆摆手，"但全是胡说八道。您要知道，这不过是他的一栋别墅罢了。"

我当然知道得一清二楚。不过要是人们想跟你说什么，让他们痛快说了也无妨，这样他们就会变得很友好。

威尔逊轻声笑了："提比略这个人非常有意思，可惜现在的人不知道，那些关于他的故事没一句话是真的。"

于是，他给我讲述了关于提比略的一切。好吧，其实我也拜读过历史学家苏维托尼乌斯的著作，还翻阅了罗马帝国的早期历史，所以他的话对我来说并不新鲜。不过，我感觉他的确很博学，读过的书也不少，于是，我指出了这一点。

"哦，好吧，我在这里安顿下来后，对书籍产生了浓厚的兴趣，并且有

---

① 提比略：全名提比略·恺撒，罗马帝国第二位皇帝。

充足的时间来阅读和学习。要是您住在和历史有这么多联系的地方，历史似乎就变得真实起来，当您沉浸其中，就如同生活在那个古老的时期一样。"

在这里，我想提一下，这一年是1913年。这个时期的世界，一切都还是令人那样舒心和安逸，谁都想象不到有什么严重的事情能扰乱宁静的生活。

"您在岛上住多久了呀？"我问道。

"十五年了。"他瞥了一眼那片湛蓝平静的大海，薄薄的嘴唇上挂着一丝古怪而温柔的笑容，"我一眼就爱上了这个地方。我想，您肯定听说过那个传说中的德国人，他从那不勒斯乘船到这里享用午餐、参观蓝洞后，就留了下来，一住就是四十年。好吧，我很难说自己能够和他完全一致，不过最终结果是一样的。不同的是，我不一定能住得了四十年这么久。尽管这样，我还是很庆幸自己的幸运。"

我伸长脖子等着他继续说下去。就在这时，我朋友浑身湿透地走了过来。他刚刚游了一英里，非常自豪，于是，我们之间的话题就转到了其他事情上。

我在那之后又碰见过威尔逊几次，每次不是在广场就是在海滩。他很有礼貌并且和蔼可亲，总是很乐意和我闲聊几句。我发现他不仅对这座岛的每一寸土地无所不知，还对邻近的陆地了如指掌。他博览群书，最擅长的就是罗马史，在这一领域可谓见多识广。他的想象力似乎不怎么发达，智力也平平。他很爱笑，简单的笑话也能逗他发笑，但他能够克制自己。

一天，我们从那片海滩回来，正在广场上租马车。我和朋友让马车车夫早晨五点钟来阿纳卡普里接我们。我们打算登上索拉罗山，在我们喜欢的小客栈里用餐，然后乘着月色下山。那是个月圆之夜，景色优美动人。

我们吩咐马车车夫时，威尔逊就站在一旁。我们邀请他上来一起乘坐，他就不必在尘土飞扬的路上热烘烘地走了。我出于礼数，问他是否愿意和我们一块儿游玩。

"和我们一道去吧，我来请客。"我说道。

"那我真是太荣幸了！"他回答。

即将出发时，我的朋友突然感到身体不舒服。他觉得自己可能是在水里泡得太久了，有些劳累过度，所以无法再去爬山了。于是，就只剩下我和威尔逊两人一起结伴同行了。我们爬上那座山欣赏着无边的风景，然后在暮色降临时饥肠辘辘地回到小客栈，感觉又热又渴。

我们事先预定了晚餐，食物十分美味，安东尼奥是个烹饪高手，葡萄酒是他在自家葡萄园酿造的，这种酒很清淡，让人感觉可以当水来喝。我们坐在小花园里，吃着通心粉，喝着美酒，当第二瓶酒下肚后，觉得人生无比惬意。

花园里长着一株很大的葡萄藤，藤上缀满了葡萄。宁静的夜晚，凉风习习，清香四溢。女佣给我们端上奶酪和一盘无花果。我点了咖啡和意大利最好的餐后甜酒——斯特雷加。威尔逊不愿抽雪茄，他点燃了烟斗。

"我们在下山之前还有不少空,"他说,"月亮还要一小时才出来呢。"

"月亮出来也好,不出来也罢。"我快活地说,"我们当然有许多空闲时间啦。卡普里的乐趣之一,就在于日子过得很自在,不会让人感到很匆忙。"

"悠闲自在!"他说道,"要是人们懂得享受悠闲就好了!这是人们能够拥有的无价之宝,可惜大部分

人根本不懂得如何享受悠闲。他们都在为了工作而工作。他们没有意识到，其实工作的最终目的就是享受悠闲。"

酒能使一些人沉浸于思考。他说的话不假，但是没说出新意。我默默划了根火柴点燃雪茄。

"我第一次来到卡普里岛就看到满月，"他若有所思地说，"想必今晚的月亮也一样。"

"是啊，您知道的。"我微微一笑。

他咧嘴一笑。花园里唯一的光亮来自我们头顶上悬着的那盏油灯，这点光亮在用餐时稍显不足，却增添了些许情调，非常适合吐露心事。

"我不是那个意思。我是说，昨天可能是满月。十五年过去了，我回过头看看，感觉就像才过了一个月似的。我在来度假之前从没踏足过意大利。那时，我从马赛坐船去到那不勒斯，在庞贝古城、帕埃斯图姆和其他一两个类似的地方游玩了一阵子，之后来到这里过了一周。当我看着卡普里岛离我越来越近时，一下子就喜欢上了它。我喜欢这座岛在海上看起来的模样。我从轮船转乘小船，船在码头着陆时，人们叽叽喳喳地倾拥而来，有的殷勤地帮人拎行李，还有的在替旅馆招揽住客。码头上的房子摇摇欲坠，我走进旅馆，然后在露台用餐。好吧，这一切令我沉醉。之前，我虽然听说过卡普里的葡萄酒，但从没有品尝过，我觉得自己肯定是喝醉了。人们全都就寝了，只有我还坐在露台上，望着海上的明月，大片红红的烟雾正从维苏威火山冉冉升起。现在，我当然晓得那时自己喝的是劣质的酒，不过当时我并未察觉到有什么不对劲。不过，让我有了醉意的并不是葡萄酒，而是卡普里岛。我沉醉于岛的景色和那些絮絮叨叨的人们，也陶醉于月亮、大海和旅馆花园里的那棵夹竹桃。我以前从没见过夹竹桃。"

他说了这么一大堆话，不免口干舌燥，端起杯子却发现里面是空的。我问他要不要再来一瓶斯特雷加。

"来瓶葡萄酒吧，那才是用纯葡萄汁酿的好酒，对人也没什么坏处。"

于是，我又要了些葡萄酒，将杯子斟满。

他喝下一大杯，愉悦地舒了口气，接着说："第二天，我来到咱们常去的那个浴场。那是个游泳的好地方！我在岛上四处闲逛，碰到人们在举行节日活动，我就这样来到了庆典中间。人们兴高采烈地笑着，其中有很多人盛装打扮。不久后的一天夜里，我踏着月色去寻访法拉可列尼巨岩。如果命运女神想让我继续当银行经理的话，就不该让我去那里散步。"

"您以前是银行经理，对吗？"我问道。

"对，我曾是约克城市银行克劳福德大街分行的经理。通勤很方便，我就住在亨登大道，从家走到银行门口才三十七分钟。"

他一口口抽着烟斗："那是我待的最后一晚啊！周一的早上，我就得回银行上班了。我望见两块巨石从水里探出来，被月色笼罩着，小渔船上亮起点点灯光，渔夫在捕捉墨鱼。一切如此宁静，如此美好。我对自己说，好

啦，到底为什么要回去呢？没有谁靠我生活。我妻子四年前因支气管肺炎去世，孩子一直在跟外婆一起住。她外婆年纪大了，头脑也不清楚了，没能照顾好孩子。孩子竟得了败血症，医生给她的腿做了截肢，但还是没有治好，我那可怜的小家伙就这样离开了人世。"

"真是糟糕透了！"我说。

"是的，我悲痛欲绝。要是孩子一直跟我住在一起，我会更加伤心欲绝。我也为妻子的死感到难过，虽然不知道余生会过得怎样，但那时我们是相敬如宾的。她很在意别人的看法，也不喜欢旅行，不过她心目中的度假胜地是伊斯特本。您知道吗，她在世时，我从未到过英吉利海峡的对岸。"

"我想您还有别的亲人吧？"

"没有。我是家中独子。我父亲有个兄弟，但他在我出生前就去了澳大利亚。我想世界上没有人比我还孤独。因为失去了所有的牵绊，所以我便去追求理想中的生活。那时，我才三十四岁。"

他跟我说他在岛上生活了十五年。那他今年四十九岁，我猜得挺准。

"我十七岁就开始工作，所谓的未来，就是日复一日做着相同的工作，直到领养老金退休。我问自己，这值得吗？辞了职到这里度过余生又有什么不好？这儿是我见到过的最美的地方。但我受过业务训练，知道凡事要谨慎。于是我告诉自己，不能这样任意妄为，要求自己明天按计划回去，好好思量一下。想着，也许等回到了伦敦，我的想法就会截然不同了。我是个十足的笨蛋,不是吗?我因此失去了整整一年的时间。"

"您没改主意吧?然后呢?"

"当然没有。回去后,我在工作时总是惦记着在这儿游海泳,想着葡萄园,想着在山里徒步,想着月亮和大海,想着傍晚时分人们结束一天的工作后,就在广场上边散步边聊天。我只被一件事情困扰,那就是人人都在努力工作,我又有什么理由游手好闲呢?我读了一本马里昂·克劳福德写的历史书,里面有个故事是关于锡巴里斯和克罗托那这两座城邦的。锡巴里斯人爱享受生活,喜欢尽情欢度美好时光,而克罗托那人则吃苦耐劳,辛勤工作。有一天,克罗托那人前来侵犯,摧毁了锡巴里斯城。不久,其他地方来的人又消灭了克罗托那城。锡巴里斯城连一块石头也没留下来,而克罗托那城就只剩下了一根柱子。我由此豁(huò)然开朗。"

"怎么讲呢?"

"结局没什么不同,不是吗?您现在回过头看看,谁才是傻瓜?"

我沉默不语,于是,他接着说。

"钱的问题挺烦人的。我要干满三十年,银行才会发养老金让我退休。要是提前退休的话,他们只发放遣(qiǎn)散费。即使有了遣散费,再加上我卖房子的钱和那点存款,也不够买一份足以维持余生的年金。但我还是想找个属于自己的小地方,雇一位仆人照顾我,并且可以买烟草和一些像样的食物,偶尔还能买点书和一些应急的东西。我十分清楚自己要花多少钱,我

发现哪怕将自己的所有财产变卖，也只够买一份为期二十五年的年金。"

"您当时三十五岁？"

"是的。年金够我花到六十岁。"

"如果我是您，我应该会继续留在银行工作，等到能够领到养老金为止。"

"那样的话，到那时我就四十七岁了。如果我这把年纪才到这儿来，确实也能够享受生活，但是年纪大了就体验不到年轻人那种特有的快乐了。你知道的，一个人可以在五十岁时还过得和三十岁时一样开心，但那种开心却是迥然不同的。我想在自己活力充沛、干劲十足时过上完美的生活。二十五年对我来说是一段漫长的光阴，拥有这么一段幸福时光值得我付出巨大代价。随后我递上辞呈，等他们把遣散费发放给我，我便买了份年金，然后来到这里。"

"为期二十五年的年金吗？"

"是的。"

"您从不后悔？"这和我从别人口里得知的事情差不多，他真的挺大胆的，变卖了所有的家产，只是为了未来的二十五年可以过成自己想要的样子。

"是的，这钱花得很值当。我还有十年时间可以享受呢。您不觉得一个人，如果度过了二十五年的幸福生活，就会没有遗憾了吗？"

"也许吧。"

不过,六十岁之后该怎么办呢?关于这点,他倒没提。

我微微地打了个寒战。

"感觉有点冷?"他微笑着说,"我们还是下山去吧,月亮该出来了。"

临别时,威尔逊问我是否愿意哪天到他家里看看。

两三天后,我找到他所住的地方,便走过去看看他。

那是一所位于葡萄园中的农家小屋,离镇上很远,不过能看到大海。门边长着一株高大的夹竹桃树,上面开满了花朵。屋里只有两间小房间,一间小小的厨房,还有一间装柴火的棚屋。卧室布置得像僧侣住的小房间,不过客厅却很舒适,散发着好闻的烟草味,那里有两张他从英国带来的大扶手椅,一张大大的卷盖式书桌,一架竖式小钢琴和几个堆满书的书架。墙上挂着乔治·弗雷德里克·瓦茨①和弗雷德里克·莱顿的裱(biǎo)框版画。

威尔逊告诉我,这所房子本来是葡萄园主的,他住在山上的另一间小屋里,他的妻子每天会来打扫房间和做做饭。威尔逊说,他第一次到卡普里时便瞧见了这所房子,回来时就租了下来,一直住在里面。

我看到了钢琴和打开的乐谱,便问他能否弹弹钢琴。

"您要知道,我弹得不好。不过我一向喜欢音乐,随便弹奏几下便可获

---

① 乔治·弗雷德里克·瓦茨:英国著名画家、雕塑家。

得许多乐趣。"

他在钢琴前坐下,弹了贝多芬一首奏鸣曲中的一个乐章。他弹得确实不怎么样。我看了看他的乐谱,有舒曼和舒伯特的,也有贝多芬、巴赫和肖邦的。

他的餐桌上放着一副沾满油脂的扑克牌。我便问他是否玩单人纸牌游戏。

"经常玩呢。"他回答道。

我根据对他的所见所闻及从别人那里听来的消息,对他未来十年的生活做了一番自以为相当精准的描绘。他的生活肯定不会妨碍到别人。

他会去游泳，经常散步，他虽然很熟悉这座岛，但似乎总能领略到它的美丽之处。他弹钢琴，也玩单人纸牌游戏，还经常阅读。别人邀请他参加聚会，他也乐意去，他这人虽然有点无趣，却容易相处。他被人忽视也不觉得受到冒犯。他喜欢和人交往，但对人不太热情，很难发展出亲密关系。他生活俭朴，但也过得舒适。他从不赊（shē）欠别人一分钱。在我看来，他也不是那种经常沉溺于情感中的人。我觉得他已经下定决心，任何事情都无法动摇他的独立精神。他只对自然之美满怀激情，生活给予每个人简单而自然的事物，他便从中寻找幸福。在我看来，他的古怪之处就在于他是如此平平无奇。

假期接近尾声的时候，我离开了卡普里岛。

次年，战争爆发。我经历了不少事，人生轨迹也发生了翻天覆地的变化。十三年后，我再次来到卡普里。

我朋友回来已经有一段时间了，但他的境况没有以前那么宽裕，搬到了一所小房子里，那里没有多余的房间可供我落脚，所以我唯有到旅馆里凑合一下。他到小船上接我，我们一起吃了晚饭。吃饭时，我问他家到底在哪儿。

"你知道的。"他回答，"就是威尔逊以前住的那个小地方。我多建了一间房间，弄得很漂亮。"

我脑子里装了许多其他的事情，已经有数年不曾记起过威尔逊。但现

在，我有些震惊地想到了他。他剩下的十年早已过去，后来的日子他又是如何度过的呢？

"他怎么样了？"

"提起他，哎，相当悲惨。"

朋友说，三年前，威尔逊的年金到期了，从那之后，他生活得很艰难。

威尔逊在这个岛上住了很久，因为之前总是按时结账，所以后来不难赊账。他以前从不借钱，现在需要借点小钱，很多人也乐意帮帮他。这么多年来，他都定时交付租金，房东也愿意宽限他几个月，房东的妻子阿孙塔还继续当仆人照顾他。

他说自己有位亲戚去世，受法律程序的影响会有段时间拿不到该得的钱，因此暂时过得窘（jiǒng）迫些。人人都信了他说的话。他用这种方式坚持了一年多。

后来，当地的小商贩不再让他赊账，人们也不再借钱给他。房东也下了最后通牒，让他付清拖欠的房租，不然就要他搬走。

租期截止的前一天，威尔逊走进那间小小的卧室，他在火盆里点燃了木炭，却忘记了开窗。第二天，阿孙塔来给他准备早餐时，发现他已经昏迷不醒。他被房东夫妇送去了医院，虽然病了一段时间，不过康复了。但不知道是由于木炭中毒还是受惊过度，他的感官受到了损害。他的精神并没有失常，不管怎么说还没失常到要住进精神病医院，但很显然，他已经神志不清了。

"我去看望他时,"朋友说,"我试着跟他说话,但他却用奇怪的眼神瞅着我,好像搞不清楚之前在哪儿见过我似的。他病恹(yān)恹地躺在床上,下巴上灰白的胡子长了一周都没刮。不过,除了眼神怪怪的之外,他似乎挺正常的。"

"他的眼神怎么奇怪了?"

"我不知道该怎么描述,应该是困惑?我打个奇怪的比喻,想象你朝上扔了块石头,那块石头却没掉下来,而是悬浮在空中……"

"那就摸不着头脑了。"我笑道。

"嗯,他露出的就是这种神情。"

大家都不知道如何安置他。

他没有钱财,也没办法赚钱。他卖掉了自己的物品,但并没有卖多少钱,还不起所欠的债。

仆人阿孙塔觉得他是个不错的雇主,也是个友好的房客,有钱时该付款的从不拖欠。所以,她愿意在她丈夫和她住的那所小屋的柴棚里给他一个睡觉的地方,让他在自己家吃饭。

阿孙塔来接他出院,他默默地跟着她走了。他似乎丧失了自己的意志,她已经照顾他两年了。

"这种生活实在是不怎么好,你知道的。"朋友说,"他们给他铺了一

张破床，上面只有两条毯子。柴棚里没有窗户，冬天冷得像冰窖（jiào），夏天热得像烤炉。他吃的食物非常粗糙。你知道农民都吃什么，礼拜天才吃一顿通心粉，更别说是吃顿肉了。"

"那他平时干些什么？"

"他在山里四处晃悠。我去看过他两三次，但他看到你过来，跑得比兔子还快。阿孙塔有时会下山和我闲聊几句。我给她一点钱，让她给他买点烟草。不过，天知道他能否抽上这点烟草。"

"他们对他还行吗？"我问道。

"我觉得阿孙塔对他挺好的，她把他当成孩子一样照顾。不过，她丈夫对他就不怎么友善了，他一点也不愿意出钱养他。我觉得她丈夫不算冷酷无情，但是对他有点刻薄。她丈夫总是让他干些提水和打扫牛棚之类的粗活。"

"听起来真糟糕！"我说道。

"他自讨苦吃嘛，毕竟这是他应当承受的。"

"我想，我们这世上每个人都会存在因果关系。做了什么样的事，就会得到什么样的结果。"我说道，"不过，这并不妨碍我觉得这种活法很难堪。"

两三天之后，我和朋友正在散步。

我们走在一条穿过橄榄树林的狭窄小路上。

"那个便是威尔逊。"朋友突然说道，"别看，你会吓到他的。往前走就好。"

我盯着路面往前走，眼角的余光瞄到有个人躲在橄榄树后，我们走近了他也不躲开。不过，我感觉到他在看着我们。因为我们一走过，就能够听到一阵蹦蹦跳跳的声音。威尔逊就像一只被追逐的动物一样，躲到安全的地方去了。

这是我最后一次见到他。

他度过了六年贫困潦倒的生活，然后就离世了。

去年的一天早上，他被人发现倒在山坡上，表情安详得仿佛在美梦中沉睡一样，而且他躺下的那个地方，正好就能眺望到耸立在海中的法拉克列尼巨岩。

那是个月圆之夜，他肯定是前去欣赏月色笼罩下的巨岩了。也许，他将自己献给了那夜的良辰美景。

全懂先生

我在没有认识马克斯·科拉达之前，对他的印象就不怎么好。由于战争刚刚结束，太平洋航线的客运爆满，船票特别难订，至于代理商给你弄到什么样的舱房，你都只能将就，想单独住一间舱房是没指望的，我能被分到一间双人舱里，都要谢天谢地啦！

当我知道室友的名字时，心就直往下沉，他的名字让人想到紧闭的舷窗，一丝夜风也吹不进来。因为我从旧金山启程，要到横滨去，所以一想到要与人同住十四天，感觉真是糟糕透顶。不过，要是室友姓史密斯或布朗的话，我倒不至于如此失望。

我上了船来到客舱里，发现科拉达先生的行李早就到了。他的行李让人看着很不顺眼，手提箱上标签太多，衣箱又那么大。他已经整理好了洗漱用品，我在盥（guàn）洗架上看见他早已摆放好的香水、洗发剂和润发油。他的发梳是檀木制成的，上面的金色字体刻着他的姓名首字母，这玩意儿要真能用来梳头就好了！

我一点也不喜欢这位科拉达先生。

我走进吸烟室，要了一副牌，准备玩单人纸牌戏法。我还没来得及开始，就有一名男子来到我面前，问我是不是某某人。

"您好啊，我是科拉达。"他补充说道，笑的时候露出了闪亮的牙齿，然后一屁股坐了下来。

"哦，对了！咱们是一个舱房的，我没记错吧？"

"运气真不错呢！您永远不晓得会和谁住到一块儿。听到您是英国人时，我就高兴得很。我绝对支持咱们英国人在海外同舟共济，您说是吧？"

我十分惊奇。

"您是英国人？"我这话也许问得不太明智。

"可不是嘛！您是觉得我看起来不像吧？我可是个彻头彻尾的英国人。"

为了证明这一点，他从口袋里掏出护照，在我眼前轻轻晃了几下。

英国确实有很多不同寻常的国民。科拉达先生个子不高，体格健壮，胡子刮得很干净，皮肤黑黝黝的。他拥有一双明亮有神的大眼睛和一个肉乎乎的鹰钩鼻，留着一头乌黑油亮的长卷发。他口齿流利，没有一点英国人的风范，说起话来喜欢指手画脚。我敢断定，要是仔细翻翻那本所谓的英国护照，就会发现科拉达先生并非生于英国，而是来自一个天色更蓝的别的国家。

"您要喝点什么？"他问我。

我迟疑地瞧着他。现在禁酒令已经出台，据我所知，整艘船都不会有一丁点儿酒水。不到口干舌燥的时候，我还真不知道自己更讨厌姜汁汽水还是柠檬汁。

但科拉达先生冲我神秘一笑："想喝威士忌、苏打还是鸡尾酒？您只需要说一声就行了。"

他从后兜里摸出两个瓶子，摆到我面前的桌上。

我选了鸡尾酒，他找服务员要了一大杯冰块和两个玻璃杯。

"鸡尾酒很不错嘛。"我说道。

"嗯，我那儿还多着呢。要是您在船上交了朋友，就跟他们说您有这么个伙计，世界上的酒他全都有。"

科拉达先生十分健谈。他一会儿说起纽约和旧金山，一会儿又谈论戏

剧、绘画和政治，看得出，他很有爱国情怀。英国国旗是块不同凡响的料子，不过要是让来自亚历山大或贝鲁特的绅士来挥舞，就不禁让人感到这块料子失去了几分尊贵，而科拉达先生却像是在这里的一位地中海人。

其实，我并不想装腔作势，但还是觉得，一个素昧平生的人称呼我时，要是加上"先生"就更得体了。不过科拉达先生大概不愿让我感到不自在，便不拘于这些礼节。我不太喜欢科拉达先生。他坐下的时候，我把纸牌放到一边。但现在我觉得，作为初次见面的人，我们已经谈得够久啦。于是我继续玩牌。

"把'3'放到'4'上去。"科拉达先生说道。

你玩着单人纸牌戏法时，刚翻过来一张牌，都还没来得及看清楚，人家就在一旁告诉你该放哪儿，还有什么比这更烦人的呢。

"快啦！快啦！"他叫道，"把'10'放到'J'上。"

我心里恼怒异常，便撒手不玩了，但他却把纸牌拿了过去。

"您喜欢纸牌戏法吗？"

"不，我讨厌这些把戏。"我回答道。

"好吧，我只给您看一种。"

他给我看了三种纸牌戏法。然后我说要去餐厅找个位子。

"哦，没事儿！"他说，"我给您留了座位。我想咱们既然同住一处，不妨同坐一桌吧。"

我不太喜欢科拉达先生。

他不仅和我同吃同住,连我到甲板上散步他都要插一脚。他这样的人怎么可能会感觉到被人冷落呢。他从没想过自己会是多余的。也许他会很自然地觉得,既然他乐意见你,那么你肯定也乐意见他。要是你在家里把他踹下楼,当着他的面把门摔上,他都意识不到自己吃了闭门羹(gēng)。

科拉达很擅长交际,不过才三天,他就认识了船上所有的人。他还特别爱管闲事,组织拍卖活动、筹措体育比赛的奖金、策划投环游戏和高尔夫比赛、筹备音乐会以及安排化装舞会等,总是操不完的心。他总是在四处转悠,明显成了整艘船上最讨嫌的人。我们称呼他"全懂先生",甚至当面也这么叫,他却觉得人家说的是恭维话。

用餐时,他是最令人难以忍受的。用餐的大部分时间里,我们都能听到他在说东说西。他精力充沛,活泼热烈,说起话来喋喋不休,又喜欢与人争论。他好像永远比别人知道得多,你要是和他意见不一致,那可就侮辱了他那颗傲慢十足的虚荣心。不管讨论的话题是否无关紧要,他都不会不了了之,直到他说服你为止。他从不觉得自己会犯错。他就是那种什么都懂的家伙。

有天晚上,我们和医生坐同一张餐桌。科拉达先生当然是随心所欲的,医生懒洋洋的,我则满不在乎,只有一个叫拉姆齐的人很爱抬杠,他也坐在我们这一桌。他与科拉达先生一样固执己见,但痛恨科拉达的自以为是。他们俩的唇枪舌剑激烈异常，无休无止。

拉姆齐被派驻到神户的美国领事馆工作。他来自美国中西部，身材魁梧，体态肥胖，皮肤紧致，身上鼓鼓囊囊地裹着一套外衣。他刚刚乘飞机到过纽约，接走了在家独居一年的妻子，现在回神户继续任职。

拉姆齐夫人是个标致的美人儿，她举止文雅，谈吐幽默。拉姆齐在领事馆的薪水不高，所以她总是穿得朴素无华，但她偏偏懂得穿搭，衣饰简约而有品位，给人一种淡雅的感觉。我本来不会特别留意她，但她拥有一种迷人的特质，而这种端庄优雅的气质，令她的言谈举止和一般的女性看起来都不太一样。你看着她，就会不禁被她的魅力打动。她独特的气质就像华衣美服上的花朵一样耀眼。

我们偶然谈到珍珠。报纸上有很多报道，说狡诈的日本人正在养殖珍珠，医生断言这些珍珠必然会影响天然珍珠的价值。养殖珍珠的品相不错，很快便能做到完美无瑕。科拉达先生习惯性地紧跟话题，他给我们普及了所有关于珍珠的知识。我觉得拉姆齐对珍珠一无所知，但他哪舍得放过讽刺科拉达的每一个机会，于是他们在短短五分钟内陷入了激烈的争论。我先前见识过科拉达先生的能言善辩，但从没见过他像现在这样义正词严、口若悬河。最后，拉姆齐的话激怒了他，他捶着餐桌大声嚷道："好吧，我并不是信口开河。我去日本就是为了调查那儿的珍珠养殖业。我干的就是珍珠生意，说到鉴别珍珠，这一行还没有人能挑出我的错来。我知道世界上所有品

相最好的珍珠，至于那些我不知道的，根本不值一提。"

这对我们来说是件新鲜事，科拉达先生虽然十分健谈，但从来没告诉任何人他从事的是哪个行当。我们只是隐约知道他要去日本出差。

他得意扬扬地环视着餐桌，指着拉姆齐夫人的项链说道："对于像我这样的专家来说，一眼就能辨出养殖珍珠，他们糊弄不了我。您相信我吧，拉姆齐夫人。就您戴的这串项链，还会增值的。"

拉姆齐夫人羞怯地泛起一丝红晕，她悄悄地摸了摸脖子上的珍珠项链，想把它塞进衣服里。拉姆齐俯身向前，给了我们一记眼色，眼里闪过一丝笑意。

"我夫人的项链很美，不是吗？"

"我早就注意到了，"科拉达先生回答道，"那些珍珠真不赖。"

"这串项链不是我买的，但我想知道您觉得值多少钱。"

"嗯，就行内来说，一万五千美元左右吧。不过要是放到纽约第五大道的话，三万美元买到也不足为奇。"

拉姆齐冷笑一声："我们离开纽约的前一天，我夫人在一家百货商店里花了十八美元买了这串项链，您听了一定吃惊不小吧？"

科拉达先生面红耳赤："瞎说！这串项链不仅货真价实，就尺寸而言，我还没见过比它更出彩的。"

"您敢打赌吗？我跟您赌一百美元这是仿制品。"

"没问题，成交！"

"亲爱的，你干吗非要用事实来和别人打赌啊！"拉姆齐夫人劝说道，她嘴角挂着微笑，语气温和地表示反对。

"不干吗，有这么好的机会能大赚一笔，我放手就是大傻瓜啦。"

"但要怎么证明真假呢？"她接着说，"我和科拉达先生都是一面之词。"

"让我瞧瞧那串项链，如果是仿制品，你们很快就会知道的。一百美元而已，我又不是输不起。"科拉达先生说道。

"摘下来吧，亲爱的，让这位绅士看个够。"

拉姆齐夫人犹豫片刻，用手按住了项链。

"我摘不下来了，"她说，"科拉达先生只能相信我说的了。"

我突然起疑，觉得有什么不好的事情即将发生，但又想不到能说些什么。

拉姆齐突然站了起来喊道："让我来解开！"然后他把项链递给了科拉达先生。

科拉达先生从口袋里取出放大镜，仔细检查起来。他那黝黑光洁的脸庞洋溢着胜利的微笑。

他把项链还了回去，正要说点什么，突然间看到拉姆齐夫人面色惨白，用害怕的表情瞪大眼睛注视着他，那双眼睛写满绝望的恳求。

科拉达先生张着嘴停了下来,满脸通红,能够看得出,他在竭力掩饰自己。

"是我看错了。"他说,"这仿制品简直可以以假乱真了。当然啦,放大镜一拿出来,我就知道是假货了。这破玩意儿顶多值十八美元。"

他掏出皮夹子,拿出一张一百美元的钞票,默默地递给拉姆齐。

"或许这件事情能教您下次不要自信过头了,我年轻的朋友。"拉姆齐拿过钞票时还不忘说教一番。

我瞥见科拉达先生的手抖得很厉害。

随后,打赌的事件在船上一传十,十传百,那晚他不得不承受所有人的嘲笑。"全懂先生"被抓了个现行,这可是个天大的笑话。不过拉姆齐夫人却突然头疼发作,早早地回舱房去了。

第二天早晨,我起床后开始刮胡子,而科拉达先生躺在床上抽烟。忽然,传来一阵细细的刮擦声,我瞧见一封信从门下塞了进来。我打开门却发现外面一个人也没有。我捡起那封信,看到收件人是马克斯·科拉达,还是用印刷体书写的,于是我把信递给了他。

"谁给我写的信?"他打开信封,"哦?"

他从信封里抽出一张百元美钞,看了看信的内容,大概明白了拉姆齐夫人不想让他说出真相的原因。

他把信封撕成碎片,然后递给我说:"麻烦您把它从窗子扔出去好吗?"

我按照他说的话做了,然后笑吟吟地看着他。

"谁也不想被人当成傻瓜。"他说道。

"那些珍珠不是假货,对吧?"

"每个人都有难以言说的苦衷。"说完,他便伸手拿起皮夹子,小心翼翼地将那张百元大钞放了进去。

从那一刻起,我就不那么讨厌这位科拉达先生了,甚至有点敬佩和赞赏。

午餐

我在观看戏剧演出时见到了一位相识。她向我招手示意,于是,我在幕间休息时坐到了她的旁边。我已经很久没见她了,要不是有人提起她的名字,我想我很难认出她来。

她笑容满面地和我说:"哟,咱们头一回见面是多少年前的事啦。日子过得可真快!咱们都老啦。您还记得咱们头一回见面的时候吗?您请我用了午餐呢。"

我记得吗?我当然记得!

那是二十年前的事了,当时我住在巴黎。我在拉丁区有间小小的公寓,只能看得到墓地,生活过得十分拮据(jiéjū)。她读了我写的一本书,并给我来信说了此事。我回信向她道谢。不久后,我再次收到她的来信,信上说她即将路过巴黎，想顺便和我聊聊。不过她的时间很紧，只有下周四有空。她那天上午要去卢森堡公园游玩，问我稍后能否请她到福伊约饭店去随便吃个午餐。福伊约饭店是法国参议员常去用餐的地方，我实在承受不起那儿的消费，也从未想过能去那里吃顿饭。收到她的信后，我有些受宠若惊，当时我还年轻，并不懂得如何对一位女士说"不"。

当时，我还有八十法郎可用于维持这个月的生活，我想，一顿简朴的午餐应该不超过十五法郎吧？要是我接下来两周不喝咖啡的话，应该能够应付得过来。我回信约她周四十二点半在福伊约饭店见面。她没有我想象中那么年轻，外表看上去与其说是妩媚动人，倒不如说是气势逼人。实际上她已年近不惑，一眼看上去并不是很惊艳。她那洁白的牙齿又大又整齐，说起话来喋喋不休，似乎想把话题扯到我身上，于是我准备好好听她说话。

菜单呈上来时我吓了一跳，价格比我预期的还要高出许多，不过，她接下来说的话，倒是让我放心不少。

"我午餐从来不吃东西。"她说。

"哎，别这么说！"我慷慨地说。

"我吃东西从来不超过一样。我觉得人们现在吃得太多了。要不来点鱼吧，我想瞧瞧有没有三文鱼。"

离三文鱼的季节还早呢，菜单上都还没写呢，不过我还是问了侍者。侍者说有的，并且有条极好的三文鱼刚刚运到，这是他们店里头一条呢。于是，我为她点了这条鱼。侍者问她在三文鱼上桌之前是否来点别的食物。

"不需要了，"她回答道，"我吃东西从来不超过一样，除非你们有鱼子酱，我倒不介意来点鱼子酱。"

我的心突然往下一沉。我清楚自己吃不起鱼子酱，但又不好意思直接告诉她。我就对侍者说："无论如何都要上点鱼子酱。"

然后，我给自己挑了菜单上最便宜的一道菜品——羊排。

"我觉得吃肉就不明智了。"她说，"我不晓得您吃了羊排这么难消化的东西后还怎么工作呢。我不赞成吃得过饱。"

然后，是酒水的问题。

"我午餐从来不喝东西。"她说。

"我也是。"我立即说道。

"除了白葡萄酒，"她接着说，仿佛我没说那句话一样，"法国的白葡萄酒特别清淡，对消化很有好处的呢。"

"您要喝点什么呢？"我依旧殷勤周到，但绝没有表现得过分热情。

她朝我亲切一笑，欢快地露出她那白花花的牙齿："除了香槟以外，我的医生不让我喝其他东西。"

我想我的脸色一定是发白了。我点了半瓶香槟，并不经意地提起我的医生绝不许我喝香槟。

"那您喝点什么？"她问我。

"我喝水就行了。"我回答道。

她刚咽下鱼子酱，又吃了三文鱼。她兴高采烈地和我谈起了艺术、文学、音乐，但我却只想知道我们的这一顿午餐究竟要花多少钱。我的羊排上桌时，她严肃地批评了我。

"依我看，您午餐习惯吃得很油腻。我觉得您大错特错。为什么不学我那样只吃一样东西呢？我相信要是那样的话，您会感觉舒服多了。"

"我的确只吃一样东西。"我说这话时侍者又端着菜单走了过来。

她漫不经心地挥手让他走开。

"不了！我午餐从来不吃任何东西，即使吃，也就只吃那么一丁点儿，简单吃点就好啦，吃午餐不过为了找个借口聊几句。我现在是吃不下任何东西了，除非他们有那种大芦笋，要是连大芦笋都没吃就离开巴黎，那就太令人遗憾了。"

我的心瞬间又沉了下去。我曾在商店里见到过她说的那种大芦笋，看见后口水都流出来了，但我也知道它们的价格贵得可怕。

"夫人想知道你们有没有那种大芦笋。"我问那位侍者。

我心里默默地祈祷他说"没有"，但他那牧师般的宽脸上洋溢着快乐的微笑。他让我放心，说他们的芦笋又大又嫩，保证新鲜可口，简直令人暗暗叫好。

"我一点也不饿。"我的客人叹气道，"但您要是坚持让我吃的话，我不介意来点芦笋。"

于是，我点了芦笋。

"您不吃点吗？"她问我。

"不，我从来不吃芦笋。"我回答道。

"我知道有些人不喜欢芦笋。事实上，您吃那么多肉，胃口能好到哪儿去呢？"她微笑着对我说。

我们等着芦笋做好端上来。那一刻，我的心里生出一股恐慌。现在的问题不是我这个月还剩多少钱可以花，而是我能否拿出足够的钱来付这顿饭钱。要是我发现自己缺了十个法郎，又不得不向我的客人借钱付账的话，那可就丢人丢大了！我决不能落到这步田地。我清楚地知道自己身上有几个钱，如果账单上的数额比身上的钱还多，我便把手伸进衣兜里，然后惊呼一声跳起来说自己的钱包被小偷给偷走了。当然啦，要是她也没带够付账的钱，那就太尴尬了！如果真是那样的话，我唯一能做的就是把手表留下做抵押，推说我迟点再来付账。

芦笋端上来了，果真硕大无比，鲜嫩多汁，令人垂涎欲滴，黄油融化后的香气撩拨着我的鼻子。我一边看着这放纵的女人心满意足地大吃大嚼，狼吞虎咽地往喉咙里塞，一边彬彬有礼地向她讲述着巴尔干半岛的戏剧现状。她终于吃完了。

"还要喝点咖啡吗？"我说。

"好的,来一份冰淇淋咖啡就行。"她答道。

我反正已经豁出去了,在给她点了一份冰淇淋咖啡之后,索性就大胆地为自己也点了一杯咖啡。

"您知道吗?有一点我无比赞同,"她边吃着冰淇淋边说,"吃完饭站起来后觉得还能再吃一点就再好不过了。"

"您还饿吗?"我有气无力地问道。

"不,我不饿。您看,我不吃午餐的。我早上喝一杯咖啡,晚上才吃饭,午餐吃东西从来不超过一样。我是说您呢。"

"哦,我明白了!"

然后,发生了一件可怕的事情。我们等咖啡时,领班侍者手里拎着满满

一大篮桃子，带着阿谀（ēyú）奉承的假笑走了过来。那桃子好似纯真少女的脸蛋一般红润，有着意大利风景画似的浓郁色调。但现在不是桃子成熟的季节啊，天知道得卖多少钱呢。不过我也知道了。因为过了不久，我的客人边说着话，边心不在焉地拿了一个。

"您看，吃这么多肉，饱过头了吧？"哦，她说的是我那一小份可怜的羊排，"您不能再吃了。不过，我只吃了一点点东西，再吃个桃子吧。"

账单上来了，我付完账后发现自己所剩的钱甚至给不起像样的小费。她的目光在我留给侍者那三个法郎小费上盘桓（huán）了一会儿，我知道她觉得我是个小气鬼。

走出那家饭店时，我口袋里一个便士也没有了，我必须要想法子熬过这漫漫长月。

"您应该学学我，"我们临别握手时她说，"午餐别吃超过一样东西。"

"我会青出于蓝的，"我回嘴，"我今晚啥也不吃。"

"您真幽默！"她一边快活地大声说道，一边跳进出租车里，"您真是个诙谐的人。"

不过，我觉得我终于报了仇，因为现在的她体重将近三百磅了，得到了应有的报应。我觉得自己并不是个心存报复的人，但是当上帝来插手这件事时，我的内心还是不由自主地得意起来。

路易丝

我一直搞不懂路易丝为什么老是没完没了地和我争论是非对错。其实我知道她并不喜欢我,甚至一有机会,她就会在背后用看似温和的方式说我的坏话,而且非常擅长冷嘲热讽。

她一向表现得很有风度,不过,她只要略微露点口风,发出几声叹息,美丽的双手再微微颤抖两下,就能把自己的意思表达得一清二楚。

我们彼此相识二十五年,交情也的确不错,但她认为我是个粗鲁无礼、愤世嫉俗且俗不可耐的野蛮人。有时,我搞不明白她为什么不和我绝交,还要与我继续来往。她不仅一点绝交的意思都没有,还不肯让我一个人清静地待着,时常邀请我和她共进午餐或晚餐,每年至少有一两次邀请我去她乡下的房子里度周末。

最后，我想我发现她心里打的是什么算盘了。她怀疑我不信任她，并对此感到惴（zhuì）惴不安。如果说她不喜欢我是出于这个原因，那么她和我维持交情也是基于这个原因。只有我一个人觉得她滑稽可笑，这让她恼火不已。要是我不承认自己错了或失败了，她是不肯罢休的。也许她隐约察觉到我能透过外表去洞察人心。

我很好奇她是否像欺骗世界那样把自己也完全绕进去了，还是说她内心深处隐藏着一颗爱恶作剧的心。要是后者属实，那或许我对她的吸引是因为我们共同拥有一个不为人知的秘密，这就好比两个骗子彼此吸引一样。

我在路易丝婚前就认识她了。那时她是个纤弱的姑娘，长着一双忧郁的大眼睛。父母极度疼爱她，简直是含在嘴里怕化了。她之前得过某种疾病，我想是猩红热之类的病，以致后来她心脏不太好，所以小心翼翼地爱惜着自己。汤姆·梅特兰向她求婚时，她的父母感到惶恐不安，生怕女儿太过纤弱，适应不了紧张的婚姻生活。不过他们家境平平，汤姆·梅特兰却生活富足，他答应会为路易丝付出一切，他们才放心把女儿的终身幸福托付给他。

汤姆·梅特兰高大魁梧、相貌英俊，是个擅长运动的年轻人。他宠溺着路易丝。他考虑到她心脏虚弱，双方在一起很难天长地久，便决心尽他所能让她在世上存活的这些年能够过得幸福美满。为了她，他放下自己擅长的运动。并不是她要他放下的，她乐意让他去打高尔夫球或打猎，但每当他打算

离开一整天时，她的心脏病就会碰巧发作。要是双方在意见上有分歧，她便立刻向他妥协，因为她是世上最温顺的妻子。但她的心脏病会在那时发作，需要卧床休养一个礼拜，不过她还是温柔似水，一句抱怨的话也没有。他又怎么忍心蛮不讲理地和生病的她对着干呢？

有一次她特别想出行，我瞧着她徒步走了八英里，便对汤姆·梅特兰说她没有大家想的那么虚弱。

他摇摇头，叹了口气："不是的，她的身体虚弱得厉害。她看遍了世上所有高明的心脏病专科医生，他们都说她命悬一线，不过她身上有种不屈不挠的精神。"

他向她转达了我对她的耐力所发表的言论。

"我明天就会付出代价的，"她哀怨地对我说，"我肯定活不长了！"

"但我总觉得您身体健康得很呢，只要是您想干的事儿，干得别提有多开心了。"我小声嘟囔。

我曾经察觉到：如果她前去参加的舞会非常有趣，那么她就能一直跳舞跳到凌晨五点，要是舞会无聊得很，她便感觉不适，汤姆就不得不早早地送她回家。

她恐怕不喜欢我这样的回答，尽管她勉强对我笑了一下，但我却没有在她那蓝色的大眼睛里看到任何好笑的东西。

她回敬我说："您总不能指望我为了让您高兴就倒地身亡吧？"

路易丝可要比她丈夫活得久得多了。

那天，他们正乘船航行，因为太冷，她的丈夫得了重感冒，而路易丝却要盖上所有的毯子来取暖，于是，她的第一任丈夫为了她的身体着想，就这样被冻得一命呜呼了。他给她留下了一笔可观的财产和一个可爱的女儿。

路易丝痛不欲生，她能熬过这一打击真是令人惊讶。

她的朋友本以为她很快便会像可怜的汤姆·梅特兰一样命丧黄泉，甚至为她的女儿艾丽斯而感到难过，担心她即将成为孤儿。于是，他们加倍关照路易丝，不让她动一根手指头，为了让她省心，他们执意为她做一切事情。他们也是被逼无奈，因为一旦让她做那些不开心或者不顺心的事情，她的心脏就会变得突然脆弱起来，游走在死亡的边缘。她说，丈夫的去世令她完全迷失了自我，她的身体如此虚弱，怎样才能把亲爱的艾丽斯抚养长大呢？她的朋友问她为何不再婚呢？她却唉声叹气地说，自己有心脏病，这是完全不可能的。当然，她知道，汤姆的在天之灵一定会希望她另择良人，这种结局对女儿艾丽斯来说再好不过了。

不过，谁愿意娶一个像她这样体弱多病的可怜女人呢？但奇怪的是，不止一位年轻人表现出乐意娶她，并且愿意承担照顾她的责任。

汤姆去世一年之后，她就和乔治·霍布豪斯步入了婚姻的殿堂。乔治是个正直的好人，生活也还算富足。他对自己肩负的这一项任务和责任感到庆幸，甚至对自己能够娶到身体脆弱的路易丝有些感恩戴德。

她说："我可能也没有多少日子可活了，不会麻烦你太久的。"

他是位雄心勃勃的军人，但还是辞去了职务。出于健康原因，路易丝不得不去蒙特卡洛过冬，然后到多维尔避暑。起初，他在辞职的问题上犹豫不决时，路易丝还劝说他不要放弃事业，但最后她还是像以往那样妥协了。他准备尽量让妻子在生命的最后几年里过得幸福美满。

"不会耽误你太久的，"她说道，"我尽量不给你添麻烦。"

在接下来两三年的时间里，尽管路易丝心脏不好，但她还是盛装出席各种热闹非凡的舞会。

不过，乔治·霍布豪斯不具备路易丝第一任丈夫身上那种旺盛的精力，他作为她第二任丈夫，日子并不好过，所以时不时地喝两口烈酒让自己振作起来。

他可能养成了酗酒的毛病，路易丝十分不喜欢这一点。

接下来，战争爆发了，

也许这对于她来说倒是个值得庆幸的事，乔治·霍布豪斯重新加入了以前的军团，三个月后战死沙场。这对路易丝来说又是个巨大的打击。

然而，她觉得在这样危急的时刻不能沉浸于个人的悲伤中，如果自己心脏病发，会连累到身边的人。为了分散注意力，她把自己在蒙特卡洛的别墅变成军官的疗养院。她的朋友纷纷劝她，怕她承受不了这项繁重的工作。

"这当然要了我的命，"她说，"我能不知道吗？不过这又怎么样呢？我总得为他们尽自己一份微薄的力量吧。"

这当然没有要她的命，她还因此过得快乐无比，法国没有比这更受欢迎的疗养院了。

我在巴黎的时候偶遇过她，看到她正在丽兹酒店和一位法国年轻人共进午餐。她说自己在这里出差，来处理一些疗养院的相关事务。她告诉我那些军官非常善良。他们知道她的身体很虚弱，不仅什么事都不让她操心，并且对她相当关心，一个个都像亲人似的呵护着她。

她叹着气说道："可怜的乔治，我的心脏这么脆弱，谁能想到我比他活得久？"

"还有那个可怜的汤姆！"我说。

我不晓得她为何不喜欢我提起这件事。她哀怨地朝我苦笑一下，美丽的眼睛里满是泪水："总听您这么说，好像不愿我多活几年似的。"

"您的心脏好多了，不是吗？"

"简直好极了！我今天上午看过一位专科医生，他说我得做最坏的打算。"

"噢，好吧，这二十年来您不是一直都在做最坏的打算吗？"

战争结束了，路易丝在伦敦定居下来。她现在年逾四十，却依旧纤细瘦弱，眼睛很大，脸颊白皙，看起来不过二十五岁的样子。艾丽斯之前一直寄宿在学校，现在也长大了，便搬来和她一起住。

"艾丽斯会照顾我的。"路易丝说，"当然，和我这样体弱多病的人生活在一起真是为难她了。不过，这样的日子很快就过去了，我想她不会介意的。"

艾丽斯是个善良的姑娘。她从小就知道自己母亲的健康状况不稳定。当她还是孩子时就十分懂事，也从不像别人家的孩子一样整天吵吵闹闹，因为她一直都明白，绝对不能让体弱多病的母亲生气。即便路易丝现在跟她说，不愿她为了自己这么个烦人的老太婆而牺牲自我，但这姑娘也是根本听不进去的。她说，能够尽力去孝敬自己可怜的母亲，哪怕是牺牲自我，都是件非常幸福的事。她母亲只是叹了口气，就继续任由女儿为自己尽孝了。

路易丝说道："那孩子很高兴自己能够为我这样付出。"

我问道："您不觉得她该多出去走走吗？"

"其实我经常跟她这样说，却还是无法说服她出去开心地交际。天知道我从来不愿意给任何人添麻烦！"

当我苦口婆心地劝说着艾丽斯时,她却说道:"亲爱的妈妈很可怜,她想让我和朋友们多相处,让我多去参加一些聚会。但是,我刚一出门,她的心脏病就发作了,所以我还是愿意待在家里陪着她。"

没过多久,艾丽斯坠入了爱河。我有位年轻的朋友向她求了婚,小伙子人很正派,她答应了。我非常喜欢那个男孩子,也很高兴艾丽斯终于有机会过上属于自己的生活,在此之前,她似乎从未想过自己能步入婚姻。

但是有一天,那位年轻人痛苦不堪地找到我,跟我说他的婚期无限延迟了,因为艾丽斯觉得不能把她母亲丢下不管。当然，这确实不关我的事，不过我还是找机会去见了路易丝。

我去她的住所找她时，正赶上她在家里接待朋友们。随着年纪的增长，她开始结交那些作家和画家，并且经常约他们一起喝下午茶。

我坐了一会儿便问她："我听说艾丽斯不打算结婚了。"

"这我倒是不清楚。我希望她尽快结婚，但她自己不想这么快。我跪下来求她不要只顾及我，但她坚决不同意离开我。"

"您不觉得太为难她了吗？"

"确实是有些为难她了。当然，好在婚期只会延迟几个月而已，我也没几天日子可活了。不过，我还是不愿意看到任何人为我牺牲自己。"

"亲爱的路易丝，您已经送走了两任丈夫。而且，我觉得您至少还能再送走两任。"

"难道您觉得很奇怪吗？"她尽可能用一种得罪人的语气反问我。

"您难道不觉得奇怪吗？您身强体壮，总是想干什么就干什么，您那脆弱的心脏只会阻止您去做那些您压根就不喜欢的事情。我想您从未在这一点上觉得奇怪吧？"

"啊！我就知道。我知道您一直是怎么看我的。您从不相信我身体抱恙，对吧？"

我直直地盯着她："是的！我认为您这二十五年来一直在极力虚张声

势。我觉得您是我所见过的最自私、最可怕的女人，先后嫁了两个倒霉男人，毁了他们的生活，现在您还要亲手毁掉女儿的生活。"

要是当时路易丝心脏病发作，那我倒不觉得惊讶。我满心期待着她勃然大怒，但她却只朝我温柔地笑了一笑。

"我可怜的朋友，总有一天您会无比懊恼自己跟我说了这些话的。"

"您决定不让艾丽斯嫁给那个小伙子了吗？"

"我曾经求她嫁给他。我知道这会要了我的命，但我无所谓。没人在乎我，我对大家来说不过是个负担而已。"

"您跟她说这会要了您的命？"

"她一定要我说出来。"

"如果您自己没有下决心，别人哪有能耐强迫您呢？"

"要是她乐意，明天就可以嫁给那个年轻人。要是这事要了我的命，我就死定了。"

"好吧，那咱们就冒一回险好吗？"

"难道您一点也不怜悯（mǐn）我吗？"

"请恕我无法可怜像你这样滑稽的人。"我答道。

路易丝那白皙的脸颊上泛起淡淡的红晕，虽然她面带微笑，但她的眼神既冷酷又愤怒。

"艾丽斯一个月内就会结婚，"她说，"如

果我身上发生任何不测,我希望您和她都能够饶恕自己。"

路易丝说话算数,女儿婚礼的日子很快就选定了,奢华的嫁妆也都订好了,请柬也全都发出去了,艾丽斯和那位优秀的小伙子终于要幸福美满地结婚了。

可是,就在婚礼的当天上午十点钟,路易丝那个自私自利的女人却突发心脏病,抢救无效,最后死了。她在临终之前,温柔地拉着女儿艾丽斯的手说,自己并不怪罪于她。

异邦谷田

我认识布兰德一家很久了,才发现他们和费尔迪·拉本施泰因是亲戚关系。我第一次见到费尔迪的时候,他还是个五十来岁的中年男子,而当我动笔写这个故事时,他都已经是七十多岁的白胡子老人了。

费尔迪的变化并不大,尽管又浓又粗的卷发已经变得灰白,但他依然体格清瘦又气质潇洒。人们说他年轻时是个美男子,这话肯定不假。他长着一张椭圆形的脸,侧面看起来很有犹太人的轮廓感,那双明亮的黑眼睛也很迷人。他身材修长,而且在穿衣打扮上有自己独特的品位,哪怕是到了这个年纪,换上晚礼服也还是我所见过的最英俊的男子之一。他喜欢在胸前别着一枚硕大的黑珍珠饰品,手上戴着铂金和蓝宝石戒指。他的打扮或许有些奢华惹眼,却和他的人物性格非常匹配,要是换了其他装束反而不怎么协调。

"我毕竟是个东方人，"他说道，"难免会流露出一股粗犷的豪气。"

我时常觉得费尔迪·拉本施泰因的生平是绝佳的传记题材。他虽然不是伟人，却在自己的圈子里活成了一件艺术品。他的生活就好比是一件作品，就像一幅波斯细密画，他的魅力来源于自身的完美无瑕。

费尔迪是社交圈的风云人物，生活中到处都是他精彩的舞台。他生于南非，成年时才来到英国。他在证券交易所工作过一段时间，父亲离世后，他继承了一笔丰厚的财产，索性就退出了商界，过起了享乐的生活。那个时期的英国社会十分封闭，对一般犹太人来说，碰壁是家常便饭，但对费尔迪来说，这根本不是问题。他英俊、富有、喜爱运动，只要有他在，人们就会感到非常轻松有趣。他在可胜街有一处大房子，里面的家具摆设充满浪漫又优雅的法式风情。他还雇了一位法国厨师，房子的大门口常年停着一辆豪华的四轮马车。我很想去了解他那精彩的人生和往事，但是这些陈年过往早已湮没在了岁月的长河中。

初见他时，他就已经成为伦敦数一数二的人物了。那时的我也算得上是小说界的青年才俊。因为诺福克一座豪宅的女主人喜好文学，所以邀请我去她家里做客。宴会上贵宾如云，看着身边的这群精英人物，我不禁胆怯起来。当时在场的一共有十六个人，那些英国的内阁大臣和贵族老爷夫人们侃侃而谈，聊的都是一些我不知道的人和事。我待在他们中间，觉得很不自在。他们虽然待我彬彬有礼，但是态度却很冷漠。我开始意识到，自己的不

合群可能会给热情好客的女主人带来不便，多多少少会成为她的包袱。

然而，在这场宴会中，费尔迪拯救了我。他善解人意地和我坐在一块儿，陪我一起聊天散步，尽量不让我觉得尴尬。他发现我是位作家，就和我一起讨论戏剧和小说，他了解到我经常旅居欧洲大陆，就兴致勃勃地和我聊法国、德国和西班牙。在当晚宴会上的宾客中，他似乎更喜欢和我在一起交流。他让我觉得我们俩和其余的那些客人并不是一类人，这让我感到非常荣幸。

我羡慕他那种从容的气度，他一点也不拘束，大家都亲切地称他为费尔迪。他的精神似乎总是那么饱满，总能逮住机会说些俏皮话，开开玩笑或者来几句妙语巧辩。大家都非常喜欢和他相处，因为他总能逗得他们开怀大笑，但又从来不会高谈阔论地让他们感到不自在。

有他陪在身旁，你永远不会感到枯燥无味。因为只要他一出场，你就不用担心陷入令人难以忍受的沉默当中。毕竟英国的社交聚会经常会冷场，无话可谈的尴尬场面总是难以避免的。而每当这个时候，费尔迪·拉本施泰因便会开启一个所有人都感兴趣的话题，因此，他对任何宴会来说都是无价之宝。

他肚子里藏着无穷无尽的犹太故事。他将犹太人模仿得惟妙惟肖，他完美地模仿着犹太人的手势，头耷拉在肩膀上，面孔变得老奸巨猾，嗓音也油滑起来，他要么在模仿神职人员，要么在假装自己是圆滑的商人或法兰克福

胖乎乎的中介商等。这些模仿秀的精彩程度可与戏剧相媲（pì）美。他原本就是犹太人，再刻意地模仿几下，足以让人笑得前俯后仰，但我内心深处觉得有些不安。我不太相信他会为了幽默如此刻薄地取笑自己的族人。

后来，我发现，讲犹太故事是他的拿手好戏，无论在哪里见到他，都会听到他讲起最近的见闻。

他在宴会上跟我讲得最动人心弦的故事却与犹太人无关。我被这个故事深深吸引了，一直无法忘怀，但是出于各种缘故，我没找到合适的时机跟别人讲这个故事。

他跟我说，他年轻时曾租住在乡下的一座宅子里，那会儿兰特里夫人也是宅子的房客。她当时貌美动人、声名远播，正处在人生的巅峰时刻。萨默塞特公爵夫人曾是埃格林顿骑士比武大赛的选美皇后，碰巧就住在附近，乘坐马车很快就能到达。他与公爵夫人有几分交情，便想让这两个女人见见面，他觉得她们俩见面应该挺有意思的。兰特里夫人很乐意地接受了这个提议。于是，他立刻写信问公爵夫人他是否方便带着这位著名的美人前去拜访她。他说，让那个时代最倾国倾城的美人向上一代美人中的翘楚致敬，算得上是一段佳话。

"一定要带她来啊！"公爵夫人答复说，"不过我得提醒您，她会大吃一惊的。"

于是，他们坐着一辆双马四轮车前往。

兰特里夫人戴着一顶蓝色的包头软帽，帽带是长长的缎子，尽显她优美的头部轮廓，让她的蓝眼睛更漂亮了几分。到达之后，迎接他们的是一位难看的小老太太，她那精亮的眼睛略带嘲讽地打量上门拜访的绝色美人。他们喝茶聊天，然后又坐马车回去。兰特里夫人一语不发，费尔迪瞧见她正在默默垂泪。她回去后把自己关在房间里，晚上也不肯下来用晚餐。那是她第一次深刻地意识到人都会衰老、美丽的容颜无法永恒的道理。

费尔迪问我要了地址，回到伦敦不过几天，他便邀请我共进晚餐。晚宴上一共才六个人，除了我俩，还有一位嫁给英国贵族的美国夫人、一位瑞典画家、一名女演员和一名评论家。我们享用着美酒佳肴，大家的谈话轻松、有见地。

用餐过后，在大家的盛情之下，费尔迪为我们弹奏了钢琴。他只弹维也纳华尔兹。后来，我才知道，那是他的看家本领。他指尖的乐声轻快、优美又不乏感性，与他那谨慎奢华的作风相得益彰。他弹得不做作，节奏轻快，指法也很优雅。

从那时开始，我便经常和他聚在一起，他每年会邀请我两三次。

时光荏苒，日月如梭，在之后的日子里，我和他见面的次数也越来越频繁。渐渐地，我在小说圈子里崭露头角，而他却已不如以往那样光彩照人。有人说他势利眼，但我不这么想，也许是他早年时碰巧遇到的都是大人物吧。

他对艺术的热情是真心实意的，和艺术家交往是他最幸福的时光，与他们在一起，他从来不会露出哪怕一丁点儿戏谑（xuè）的神色。他是个很有见识的人，品位自然也无可挑剔，很多朋友都喜欢向他请教问题。他是最早研究旧式家具的人之一，他从祖宅的阁楼里抢救出了许多无价珍宝，并把它们小心翼翼地收藏在客厅的每个角落。他很喜欢在拍卖行里闲逛，那些贵妇们要是想入手一件好东西当作投资，他总是乐意给她们提供建议。他家境富裕，性情温和，乐于资助艺术事业，对于那些因才华受他青睐的年轻画家，他愿意费尽心力帮他们争取创作委托，他也愿意为一些不太出名的小提琴手提供去达官贵人家里演奏的机会，从来没有让那些权贵们失望过。他有着敏锐的眼光，并且待人接物谦和有礼，但是那些没有真才实学还想滥竽充数的人要想寻求帮助的话，他是绝不会为他们出半分力气的。他个人举办的音乐会虽然规模不大，但演奏的人都是经过他精挑细选的，对观众而言，简直是一种美妙绝伦的享受。

他还是个单身贵族，一直未娶妻。

"我的生活阅历还算丰富，"他说道，"我觉得自己的心中并不存在偏见，但是人各有所好，我想我还是没有办法接受娶一位非本民族的女人做妻子的。就像穿着晚礼服去看歌剧也没什么问题，只是我从来没想过要穿罢了。"

"那您为什么不找一位犹太女性结婚呢？"

"哦，亲爱的，咱们犹太女性太能生了。我受不了一大家子人和儿女绕膝的感觉，您想想，有了小艾奇后，又有小雅各布，紧接着还有小丽贝卡、小利娅和小瑞秋……天哪！满世界都是孩子，太可怕了！"

当然，我并没有亲耳听到这些对话，这是一位活泼、大胆的女子在与费尔迪交谈后告诉我的。

不过，他年轻时也是很有魅力的。我听一些老妇人说，他年轻时模样俊美，浑身散发出的魅力让人无法抗拒。

费尔迪最有名的一段感情经历是他和赫里福德公爵夫人的交往，这个女子是维多利亚女王时期众多美人中最为风姿绰约的绝色佳人。他们的恋情持续了二十年。后来，他们结束了这场浪漫的爱情，而她则成为他最忠

实的朋友，这也证明了他具有何等的人格魅力。我记得不久前亲眼见过这两人共进午餐。她是一位身材高挑、气质出众的老太太，沧桑的脸上涂满了脂粉。我们在卡尔顿用午餐，费尔迪做东，但他迟到了几分钟。他问我们要不要来杯鸡尾酒，公爵夫人跟他说我们已经喝过了一杯。

"啊！我还在想您的双眼为何如此光彩照人呢。"他说道。

那位浓妆艳抹的老太太高兴得双颊绯红。

青春一去不返，我也将要步入中年人的行列了，不知道多长时间后就得称呼自己为老头子了。我写书和剧作，周游四方，但我仍在各种宴会上不断地遇见费尔迪。

后来，战争爆发了，数百万人死于战场，这个世界的面貌发生了万千变化。费尔迪憎恶这场战争，但他年纪大了没法参战。不过后来和平降临，他再度开始享受这种战争后的新生活。虽然圈子鱼龙混杂，宴会嘈嘈杂杂，但是费尔迪适应了这种新生活。他依然讲有趣的犹太故事，依然魅力十足地演奏施特劳斯的华尔兹，以及穿梭在拍卖行里与新贵们分享淘东西的经验。

我移居国外，但每次回到伦敦都与费尔迪见面。我发现他身上有些令人惊奇的地方，比如，他一成不变的状态：我好像从来就没见他生过病，他似乎永远精力充沛、不知疲倦，而且在穿搭上还是那么讲究。他对每个人都充满兴趣，头脑灵活得很。人们邀请他参加聚会并不是看在昔日的情面上，而是因为他的确是个不可多得的朋友。他还是会经常在可胜街的家中举办各种

精彩绝伦的小型音乐会。

我正是在他邀请我参加音乐会时,发现他和布兰德一家的关系,才动笔写下关于他的回忆。

我们在希尔街的一座宅子里享用盛宴,女士们纷纷上楼后,我发现费尔迪就站在我身旁。他跟我说,下周五晚上利·玛卡特会来他家演奏,并且非常期待我也能够前去参加。

"非常抱歉。"我说,"我要到布兰德家去。"

"哪个布兰德?"

"他们住在苏塞克斯一个叫蒂尔比的地方。"

"我真是没想到,您居然也认识他们。"他用奇怪的眼神看着我,露出了微笑。

我不知道什么地方把他逗乐了:"哦,是的。我认识他们很多年了,在那座宅子里做客非常开心。"

"阿道夫是我外甥(shēng)。"

"阿道弗斯爵士吗?"

"听起来像摄政时期里某个人的名字对吧?不过我也不瞒您,其实,他的名字叫作阿道夫。"

"我认识的每个人都叫他弗雷迪。"

"我知道的。我还知道,他的妻子米利亚姆只有在别人叫她缪丽尔时才

会回应。"

"他怎么会是您外甥呢?"

"因为我姐姐汉娜·拉本施泰因嫁给了阿尔方斯·布莱科格尔。阿尔方斯后来成了艾尔弗雷德·布兰德爵士。他是第一代准男爵。他们的独子后来成为阿道弗斯·布兰德爵士,也就是第二代准男爵。"

"那弗雷迪·布兰德的母亲,也就是住在波特兰广场的布兰德老夫人,是您的姐姐?"

"嗯,是我的姐姐汉娜,她在家里排行老大。她虽然已年事已高,但仍神采奕奕，是个了不起的女人。"

"我还没见过她老人家呢。"

"我想您的朋友布兰德夫妇不愿让您见她吧。她一直没把她的德国口音改过来。"

"您从来不和他们见面吗？"我问道。

"我已经二十年没跟他们说过话了，因为我还是个规规矩矩的犹太人，而他们早已变成英国人了。"他笑着说，"我永远也记不住他们叫作弗雷迪和缪丽尔，以前也总是在不合时宜的时候管他们叫阿道夫和米利亚姆。他们不喜欢我讲的故事，我想我们还是不见面为好。战争爆发了，我仍旧不愿意改掉名字，这就成了压死骆驼的最后一根稻草。那会儿改名已经太晚了，我习惯朋友们管我叫费尔迪·拉本施泰因，而不是别的什么。我满足于这个姓氏，而且根本不想成为史密斯、布朗或者罗宾逊家族的人。"

虽然他是调侃的语气，但言语之间又隐隐透出嘲讽的意味。

"这么说您没见过他们家那两个儿子？"我说道。

"没见过。"

"大儿子叫乔治，我觉得他没有小儿子哈利聪明，不过他是个有趣的小伙子。我想您会喜欢他的。"

"他现在在哪里？"

"他刚被牛津大学退学了，我想应该在家里吧。哈利还在伊顿上学。"

"您能带乔治来和我吃顿午饭吗？"

"我问问他。我觉得他会乐意的。"

"我听说他有些让人闹心。"

"哦，这个我不清楚。听说，家里人想让他进皇家卫队，他却不肯，反而去了牛津。他读书不用功，但花钱如流水，活脱脱一副纨绔子弟的模样。"

"那他为什么被开除？"

"我不知道。应该没什么大不了的吧。"

就在这时，我们的男主人站起身来，大家便一道上楼。费尔迪跟我说晚安时，让我别忘了请他甥孙吃午饭的事。

"记得给我来电话。"他说，"礼拜三我有空，礼拜五也行。"

次日，我去了蒂尔比。那座宅邸（dǐ）是伊丽莎白女王一世时期的建筑，坐落在一片庄园里，庄园相当宽阔，黇（tiān）鹿在草地上自由散步。宅子的窗户视野广阔，你能望到延绵起伏的丘陵，而且我眼睛能看到的这一大片土地，都是布兰德家族的产业。阿道弗斯爵士的佃（diàn）户一定觉得他是个极好的地主，因为我从没见过收拾得这么整齐的农场，谷仓和牛棚打扫得干干净净，连猪圈都好看极了。酒馆看上去像古典的英国水彩画，他在庄园里搭建的农舍既古朴，又十分舒适，真是令人赞叹。经营这块地方一定需要一笔庞大的费用，幸运的是他腰缠万贯，掏得起这个钱。他们把庄园当

作花园来悉心打理，庄园里长着高大的古树，还有一个九洞高尔夫球场。他们那宽阔无比的花园则是邻近一带的骄傲。这座宅子富丽堂皇，有陡峭的屋顶和直棂窗户。当初他们邀请英格兰最著名的建筑师来修复宅子，布兰德夫人则充分发挥她的才干和品位，让装修风格与宅子本身相映生辉。

"这里十分简朴，"她说道，"就是一座英式乡村宅院而已。"

餐厅里挂着传统的英式户

外运动主题画作，摆着价值不菲的扶手椅。宅子里随处可见画家们的经典作品，甚至连我居住的那间卧室里也挂着英国著名画家的水彩画。

这座宅子简直美不胜收，在那里做客很开心，但奇怪的是，这样堪称完美的设计却完全达不到缪丽尔·布兰德所追求的效果。你一点也看不出这是英式宅院，她要是知道此事一定会感到十分苦恼。这里的每件东西都是精挑细选购买的。餐厅里看不到那种地道的皇家学院画派肖像画，看不到先辈在欧洲大陆观光旅行时带回来的卡洛·多尔奇画作，更看不到家族中的哪位前辈老奶奶信手拈来、把客厅弄得凌乱迷人的水彩画。那里没有那种难看的、却无人动念挪走的维多利亚式沙发，也没有闺中女子在世界博览会期间辛苦赶制的刺绣椅子。他们的家美到极致，却毫无情怀可言。

但这里是个十分舒服的住处，客人在这里受到的照顾是无微不至的！布兰德夫妇问候你时是那样亲切！他们似乎非常乐于与人交往，慷慨大方又和蔼可亲，最乐意做的事就是设宴款待全郡居民，因此他们拥有这份产业不过才二十年光景，却得到四邻八舍的支持，有着非常好的口碑。要不是他们的宅邸太过华丽，庄园经营得太好，人们几乎以为布兰德家族已经在此安居乐业了好几个世纪呢。

弗雷迪曾经就读于伊顿公学和牛津大学。他现在五十来岁，寡言少语，庄重自持。我觉得他很聪明，但有点低调和矜持。他举止优雅，但不是英国人那种优雅。他长着灰白的头发，留着一撮灰白的山羊短须，有着漂亮的黑

眼睛和鹰钩鼻，身材中等偏高。在我看来，你会把他认作一位身份显赫的外国使者而不是犹太人。奇怪的是，他品行良好，也曾获得过成功，却给你留下有些忧郁的印象。他的成功是在经济和政治上，而在运动方面，他虽然努力坚持，但从未出类拔萃过。多年来，他一直坚持带猎狗打猎，但是骑术却不怎么样。到了中年，事业上的压力迫使他放弃了打猎，当他这样劝慰自己时，我想他一定是松了口气吧。他家的猎场很不错，经常举行狩猎盛会，但他的枪法并不高明；他的庄园里有高尔夫球场，但他始终对这项运动搞不出什么名堂来。尽管他知道这些活动在英国的地位和意义，但也只能对自己的能力感到伤心和失望。不过，幸亏乔治弥补了这个遗憾。

乔治是一个优秀的高尔夫球手，他的网球也打得比一般人好很多。他刚长到能拿枪的年纪，布兰德夫妇就请人教他射击，于是他成了射击好手。他才两岁，家人就开始让他在一匹小矮马上练习骑术了，弗雷迪看着儿子跨马的姿势，就知道他今后在外出打猎遇到围栏时，定会兴奋不已，而不是像自己那样，只会恶心作呕。尽管他自己追猎狐狸的意志十分坚韧，但一直受到这项运动的折磨。

乔治身材修长，浅棕色的卷发是那样好看，眼睛是那样蓝，为人真诚坦率又很招人喜欢，简直是最理想的英国青年的模样。他的鼻子高挺，鼻翼有点肉肉的，嘴唇饱满诱人，牙齿也很整齐漂亮，皮肤光滑得如象牙一般。父亲对乔治喜爱有加，但对二儿子哈利却不那么喜欢。跟同年龄的孩子相比，

哈利长得很敦实,他肩膀宽阔、体格强壮,但他那双透着聪明劲儿的黑眼睛、粗糙的黑发和大大的鼻子,都能够让人看出他的种族来。弗雷迪对他很严格,有时候没什么耐性,但对乔治就很宠溺。哈利聪明又肯奋斗,将来也会从商。但是乔治却是家族的继承人,并且将成为一名英国绅士。

乔治主动提出用敞篷汽车来接我,那辆车是父亲送他的生日礼物。他开得很快,我们在其他宾客来之前就到了。

布兰德夫妇坐在草地上,茶点摆放在一株美丽的雪松树下。

"顺便说一句，"我很快便说道，"我前几天见到了费尔迪·拉本施泰因，他让我带乔治一起去吃午饭。"

路上，我没有向乔治提到费尔迪邀请他的事。我想，既然费尔迪和家人之间的关系如此冷淡，那么邀约午餐的事，还是应该先跟他的父母打声招呼比较好。

"费尔迪·拉本施泰因是哪位？"乔治说道。

"按辈分算的话，他是你的舅公。"我回答道。

我刚一开口，他父亲瞥了他母亲一眼。

"是那个令人讨厌的老头。"缪丽尔说。

"我们在乔治出生之前就和他断了来往，我看没必要让乔治和他重新联系起来。"弗雷迪果断地说。

"不管怎样，我都把口信带到了。"我觉得有些受到冷落，便如此说道。

"我不想去看望这个讨厌的老家伙。"乔治说。

这时，其他的宾客纷纷到来，打断了我们的谈话。不一会儿，乔治便和他的同学打高尔夫球去了。

直到第二天，这件事情才重新被提了起来。

早晨，我和弗雷迪·布兰德打了一场不太尽兴的高尔夫球，下午又打了几局所谓的乡村网球。

后来,我便和缪丽尔单独坐在露台上休息喝饮品。英国的天气大多时候都很糟糕,所以,风和日丽的晴天应该比别的地方都美才说得过去,而这个六月天的傍晚简直美不胜收。

碧空无云,微风宜人,我们面前是连绵不断的丘陵和苍翠茂密的树林,远处则是一座乡村小教堂的红色屋顶。欣赏着眼前的风景,脑海中不由得浮现出一些零散的、超凡脱俗的诗句。

我和缪丽尔胡乱地闲谈了一会儿。

"我们拒绝让乔治和费尔迪吃午饭,希望您不要觉得我们太不近人情,"她突然说道,"他是个惹人讨厌的势利眼，对吧？"

"您这样认为？他一直对我不错。"

"我们已经二十年没说过话了，因为弗雷迪没法原谅他在战争时期的所作所为。您知道吗？他坚决不肯改掉他那可怕的德国姓氏。弗雷迪当时在议会任职，管的是军需品之类的东西，有个德国亲戚可是件要命的事，他这样固执己见实在让人受不了。我不知道他为什么要见乔治，他们之间能有什么牵扯？"

"他年纪大了，乔治和哈利又是他的甥孙，他总得把财产留给什么人吧。"

"我们可不想要他的钱。"缪丽尔冷漠地说。

当然，我一点也不在乎乔治是否跟费尔迪·拉本施泰因共进午餐，我也很愿意放下这事不谈。但布兰德夫妇显然已经商量过这件事，缪丽尔觉得应该向我解释一下。

"您一定知道弗雷迪有犹太血统。"缪丽尔一边说着话，一边毫不客气地盯着我。

她有一头金黄色的头发，身材高大，虽然人到中年，但保持得还挺好，看得出来，她年轻时肯定是明艳动人的女子。但是她那圆圆的蓝眼睛有点鼓鼓的，鼻子肉肉的，脸部和后颈轮廓以及那充满活力的举止，都暴露了她所属的种族。没有一个英国女人看上去是像她这样的，不管人家是不是金发女郎。但是顺着她的话来听，我该理所应当地认为她不是犹太人。

我小心翼翼地回答道："现在很多人都有。"

"我知道。但是没有理由纠结于此对吧？毕竟我们是十足的英国人。没有任何人比乔治更像英国人，无论是从外表、举止还是其他方面来说。而且，他在运动方面很出色。我觉得他没有理由去结交犹太人，难道仅仅因为他们碰巧是他的远亲吗？"

"身在英国，就是想不认识几个犹太人，都很难吧？"

"嗯，我知道在伦敦确实能碰到不少犹太人，我觉得其中有些人非常好，他们的艺术天赋（fù）不错。并不是说我和弗雷迪故意躲着他们，我当然不会这么做啦。只是我们和这些人的交情碰巧不是很深而已。现在住在这里就更是一个也不认识了。"

她讲得头头是道，我不由得佩服得五体投地。如果有人告诉我，她真心实意相信自己说的每一句话，我也不会感到吃惊。

"您说费尔迪也许会把钱留给乔治。好吧，反正我不觉得能有多少钱。战前可能还是一笔可观的财产，但现在已经算不上什么了。再说了，等乔治再大一些我们就让他从政。我觉得继承费尔迪先生的遗产对他在选区没有任何好处。"

"乔治对政治感兴趣？"我想换个话题。

"唉，但愿如此。毕竟有个选区要在这个家里继承。总不能指望弗雷迪在下议院无休无止地干下去吧。"

缪丽尔是那样高高在上,她谈到选区时就好像布兰德家族往上二十代人都在那儿当选似的。然而,我从她的讲话中感觉到,弗雷迪的雄心壮志并未实现。

"我想,等乔治长大当上候选人时,弗雷迪就会去上议院的。"

礼拜日晚上,用过晚餐后天色还没暗,我和弗雷迪一边抽雪茄,一边聊了起来。我想缪丽尔已经把我们的谈话告诉他了,也许他还在为拒绝让乔治看望费尔迪的事而感到烦心。但他比缪丽尔含蓄,谈起这个问题时更加迂回婉转。他跟我说他一直很担心,他对乔治不肯从军感到很失望。

"我原本以为他会喜欢这样的生活经历。"他说道。

"他要是穿上皇家卫队的制服,看上去必定是一表人才。"

"肯定会的,不是吗?"弗雷迪坦率地回答,"我想不到他竟能不为所动。"

他在牛津一直游手好闲,虽然从父亲那儿得到了一大笔零用钱,但还是负债累累,现在他还被退学了。

不过,虽然弗雷迪说得这么尖刻,但我看得出来,他对这无可救药的儿子颇感自豪,乔治能这样出风头,他心里觉得很得意。他对孩子溺爱这一点,可一点也不像英国人。

"您有什么好担心的呢?"我说,"您并不在乎乔治是否拿到学位对吧?"

弗雷迪轻声笑了:"嗯,您说得对。我一直觉得,只要让人们知道曾经在牛津就足够了。我敢

说，乔治不是那帮小伙子中最年少轻狂的。我考虑的是未来，他这个孩子太懒了，天天只想着玩儿，别的事都不愿做。"

"他还年轻，您知道的。"

"他对政治没兴趣，虽然擅长各种运动项目，却不是很热衷。他好像把许多时间花在弹钢琴上。"

"这种娱乐方式倒是有利无弊。"

"哦，是的，弹钢琴我无所谓。不过，他不能老是无所事事吧？您瞧，这一切总有一天都是他的。"弗雷迪潇洒地挥了挥手，似乎整个郡都是他的囊中之物，不过我知道他还没富有到能拥有整个郡。

"我非常忧心他以后能否承担起自己的责任。他母亲是望子成龙的，而我只想让他成为一名英国绅士而已。"弗雷迪看了我一眼，似乎想说点什么，但又犹豫了一下，怕我觉得荒唐可笑。

我觉得作家的身份也很有好处，比如他们会常常和作家倾诉一些家长里短的私密话，而这些话是不方便和他们身边的人透露的。因为他们觉得你无足轻重，所以和你说说也无妨。

"您知道吗？我一直觉得，英国乡绅的庄园生活，便是希腊人理想生活的完美写照。我觉得这种生活有着艺术作品般的美感。"

我笑了笑，没说什么。

"我想让他成为很好的地主，希望他可以参与国事，想让他完全热衷于运动。"

我问:"那您现在对乔治有什么打算呢?"

"我觉得他对外交工作挺感兴趣的。他提议去德国学习语言。"

"我觉得这主意不错。"

"不知为了什么,他总想着去慕尼黑。"

"那是个好地方。"

我第二天回到伦敦没多久就给费尔迪打了电话。

"我很抱歉,乔治礼拜三不能过去吃午饭了。"

"礼拜五呢?"

"礼拜五也不行,"我觉得绕圈子是没有用的,便实话实说,"事实上,是他的父母不肯让他赴约。"

电话那头沉默了片刻,然后又开腔了:"我明白了,您礼拜三能来吗?"

"好的,我很乐意去。"我回答道。

到了礼拜三下午一点半,我慢悠悠地走向可胜大街。费尔迪接待客人一向殷勤周到,他没提布兰德夫妇,我们坐在客厅里,然后我不由得想起这家人对美物的惊人眼光。以今天流行的目光看,客厅里摆放的物件拥挤了些,玻璃橱窗里的黄金鼻烟壶、法国瓷器不太符合我的审美,但这些无疑都是精品。那套路易十五的家具上还搭配了精美的用了点针绣法的织品,价钱一定很昂贵。墙上挂着的是朗克雷、佩特以及华托的画作,我虽然不太感兴趣,但也能看出画作本身的亮点。对这位上了年纪、富有阅历的老头来说,这些布置非常合适,它们展现了他所属的年代。忽然之间,门开了,仆人呈报乔治来了。费尔迪看得出我很惊讶,他对我露出了一个胜利的微笑。

"我很高兴你还是来了。"他一边说话,一边和乔治握手。

我瞥了一眼,看见他目光锐利地打量着这位甥孙,今天是他们头一回见面。

乔治穿得很讲究，他穿了黑色短外套、条纹裤子和当时很流行的黑色双排扣式马甲。只有又高又瘦、小腹平坦的人这样穿才显得优美雅致。我敢肯定，费尔迪一定知道乔治的裁缝是谁以及去的是哪家服饰用品店，他看他的眼神中充满赞许。乔治英俊潇洒、身材修长，又很会穿搭，看上去帅气又高贵。

之后，我们下楼去吃午餐。

费尔迪对社交礼仪了如指掌，很快就让乔治感到轻松又自在，不过我看得出，他在细细打量这孩子。然后，不知道出了什么岔子，他又开始讲那些犹太故事了，讲得兴致勃勃，模仿得惟妙惟肖。我看到乔治虽然也在跟着笑，但满脸通红，显得有些尴尬。我不明白费尔迪究竟为什么要说这些，他凝视着乔治，故事讲了一个又一个，似乎要没完没了地讲下去。我想不明白他为什么在看到这孩子如此狼狈之后还要继续讲下去，并以此为乐。最后，我们来到楼上，为了让气氛变得轻松些，我请费尔迪弹奏钢琴。他给我们弹了三四首华尔兹。他的手法还是那样轻盈，节奏还是那样轻快活泼。

然后他转身问乔治："你也会弹钢琴吗？"

"会那么一点。"

"你也弹一下好吗？"

"我只会弹古典乐曲，想必您也不感兴趣。"

费尔迪微微一笑，没有坚持让他弹。

我说我该告辞了。然后，乔治和我一起走了。

"好一个讨厌的老头子,"我们一走到街上,他便这样说,"我讨厌他讲那些犹太故事。"

"讲故事是他的绝活,他一直都这样。"

"如果您是犹太人,您会这样吗?"

我耸了耸肩膀。

"你怎么还是来了?"我问乔治。

他轻声笑了。这个小伙子无忧无虑,又不乏幽默感,这会儿已经忘了刚才那点不快了。

"他去看望奶奶了。您没见过我奶奶对吧?"

"没见过。"

"爸爸在她眼里就像是个还在上学的学生。奶奶说我该和费尔迪舅公吃午饭。奶奶说的话,我当然得听咯。"

"我明白了。"

一两周后,乔治去了慕尼黑学习德语。当时我碰巧要外出远行,等到来年的春天,才回到伦敦。我才到伦敦不久,就在午餐时遇到缪丽尔。我坐在她旁边,问起乔治的近况。

"他还在德国。"她说道。

"我在报纸上看到,你们打算在蒂尔比举行盛宴,庆祝乔治成年。"

"我们要招待佃户,他们要为乔治送成人礼。"

她没有过去那么活力四射了,但我并没有太在意。她整天操劳着家,也许是不太轻松吧。

我知道她喜欢聊儿子,便接着说下去:"我想乔治在德国过得很愉快吧?"

她沉默不语,我瞥了她一眼,惊讶地发现她泪眼盈盈。

"乔治怕是已经疯了。"

"您这话什么意思?"

"我们一直忧心忡(chōng)忡。弗雷迪气得火冒三丈,甚至不愿提起这事。我不知道我们该怎么办。"

"为什么呢？发生了什么事情？"我问道。

"他想当钢琴家。"

"想当什么？"

"职业钢琴家。"

"他怎么会冒出这种想法？"

"天知道啊，我们对这事一无所知，还以为他在认真地备考呢。我想确认他一切都好，所以过去探望了他。哦，亲爱的，他以前那么好看，现在成了这副样子。我想哭会儿。他跟我说不准备去考试，从来就没有去考试的打算。他之所以说自己想从事外交工作，不过是为了哄骗我们，好放他去德国学音乐。"

"他有学音乐的天赋吗？"

"哦，这倒是没什么关系。就算乔治有帕岱（dài）莱夫斯基①那样的天赋，我们也不会让他跑去全国各地演奏。不可否认的是，我热爱艺术，弗雷迪也一样。我们喜爱音乐，结识了很多艺术家。但乔治以后是有身份地位的人，可不能去当钢琴家。我们早已决心让他进议会，他以后会很有钱，要什么有什么。"

"您把这些都跟他说了？"

"我当然说了，他却根本不在乎。我对他说，这么做的话会伤你父亲

---

① 帕岱莱夫斯基：波兰的钢琴家，波兰第二共和国首任总理。

的心，他说父亲以后还可以依仗哈利。我当然很爱哈利，他聪明得跟猴子似的，但是所有人都指望着他来接管家族的生意。就算我身为人母，也看得出他没有乔治那些优点。您知道乔治跟我说什么吗？他说如果父亲每礼拜给他五英镑的话，他就把一切拱手让给哈利，这样哈利就能当父亲的继承人，继承爵位和财产。这简直太荒谬了！他说如果罗马尼亚的王储都可以放弃王位，那么他也能放弃准男爵的爵位。但他怎么能做这种事？任何事情都不能阻挡他成为第三代准男爵。如果弗雷迪荣获贵族爵位，他去世之后也只能由乔治来继承。您知道吗？他甚至想放弃布兰德这个姓氏，然后换一个德国姓氏。"

我忍不住问是哪个姓氏。

"好像是布莱科格尔还是别的什么。"她回答道。

这个姓氏我记得，费尔迪跟我说过汉娜·拉本施泰因嫁给了阿尔方斯·布莱科格尔。布莱科格尔后来成为艾尔弗雷德·布兰德爵士，也就是第一代准男爵。这一切发生得那么离奇。我奇怪的是，到底是什么改变了数月前见到的那个迷人、典型的英国男孩。

"我回家告诉弗雷迪时，他当然气极了。我从来没见过他这么生气，简直是暴跳如雷。他给乔治发电报，让他速速回来。乔治回电报说，他要忙着练习，没空回来。"

"他在忙练习？"

"是啊！从早到晚忙个不停，这是最叫人受不了的地方，他从小到大什么时候这么忙碌过啊！弗雷迪还说他天生游手好闲。"

"嗯。"

"然后弗雷迪就发电报说，如果他不回来就要停了他的零用钱。乔治回电报说'停吧'。这是最后一根稻草，您不知道弗雷迪发起火会干些什么。"

我能想象到。这位谦恭有礼、和蔼可亲的蒂尔比乡绅，实际上是一个冷酷又现实的人。他向来刚愎（bì）自用，我觉得要是有人胆敢跟他作对，他就会变得强势而且丝毫不留情面。

"在乔治的零用钱方面我们一直很慷慨，不过您知道他有多大手大脚，我们觉得他支撑不了太长时间。事实上，一个月不到他就写信给费尔迪，向他借一百英镑。费尔迪去找我婆婆，也就是他姐姐，问事情的来龙去脉。尽管已经二十年没说过话了，弗雷迪还是去找费尔迪，求他不要寄一分钱给乔治，费尔迪答应了。我不知道乔治接下来要怎么糊口度日，尽管我相信弗雷迪是对的，但还是忍不住日夜担忧。要是我没向弗雷迪保证不会寄钱给他就好了，为防不测，我可以在信里悄悄塞几张钞票给他。我想，他要是连饭都吃不饱该怎么办啊。"

"让他先吃几天的苦头，这对他来说没什么不好。"

"您知道吗，我们面临着一件可怕的事情。大家为庆祝他成年做了各种准备，我发了数百张请柬，乔治突然说他不参加了。我急得发疯，给他写信，还发了电报。要不是弗雷迪拦着，我就去德国找他了。我几乎是跪着求乔治，求他别让我们颜面扫地，这种事情该怎么向别人解释清楚啊。后来，我婆婆插手了，您没见过她对吧？她是个了不起的老太太，出身高贵。"

"哦？"

"说实话，我有点惧怕我的这位婆婆。她和弗雷迪谈妥了，然后亲自给乔治写信。她说，如果他能回家过二十一岁生日，她就帮他还清在慕尼黑欠下的所有债务，他说的话全家人也会耐心听。他同意了，下礼拜就会回来，但我们还不知道是哪一天。不过，我猜不准到时候事情会变成什么样子。"她深深地叹了口气。

在我们吃完晚餐上楼之际，弗雷迪和我聊了两句。

"看来缪丽尔跟你说了乔治的事。这个可恶的傻小子！我可忍不了他，居然妄想当钢琴家。哪位绅士会做这样的事？"

"他还很年轻，您知道的。"我安慰他说。

"他的日子过得太舒坦，我过去太纵容他了，对他都是有求必应。这次我要好好给他一个教训。"

布兰德夫妇十分清楚宣传的效果。我从报纸上看到，乔治二十一岁生日庆典在蒂尔比举行，是按照英国典型乡绅家庭的习俗进行的。他们为绅士、小姐们举行了宴会和盛大舞会，给佃户们准备了点心，并在草坪上搭起大帐

篷供他们吃喝玩乐。他们还从伦敦请来奢华的乐队助兴。画报上还刊登了照片，乔治在家人的簇拥下收到了佃户们赠送的纯银茶具。他们本来约了人为他画肖像，但他不在国内，肖像画不成，便改送茶具当贺礼。我从八卦杂志的专栏读到，他父亲送了他一匹猎狐马，母亲送了他一台自动换唱片的留声机，祖母布兰德老夫人送了他一套《不列颠百科全书》，舅公费尔迪·拉本施泰因送了他意大利画家佩莱格里诺的《圣母与圣子》。我不禁觉得这些礼物太过笨重。费尔迪也出席了宴会，我推断是乔治那莫名其妙的异常行为促成了甥舅之间的和解。我猜得没错，费尔迪一点也不想让这位甥孙成为一名职业钢琴家。影响家族声望的迹象才初露端倪，这个家族就团结起来形成统一战线，反对乔治。

　　我没有到场，只是听说了生日庆典后发生的各种事情。费尔迪和缪丽尔都说了一些，后来乔治给我说了他的版本。布兰德一家的想法是，乔治回家以后发现自己身处舞台中心，周围皆是荣华富贵，亲身体会到作为大庄园继承人的重要意义，那么他就会动摇了。他们爱护他、奉承他，以他的话为中心，心想要是加倍地对他好，那他就会良心发现，不忍心再让家人陷入痛苦。他们似乎顺理成章地以为他没有再回德国的打算，并在为他规划未来的蓝图。乔治没太说什么，他似乎玩得很痛快，碰都没碰过钢琴，看样子一切进展得很顺利，这个闹腾的家庭终于回归平静。

　　有天吃午饭时，他们讨论下礼拜全家受邀参加花园派对的事儿，乔治心情愉快地说道："别算我的份，那个时候我就不在这里了。"

"哦，乔治，那你要去哪里？"他母亲问道。

"我得回去练琴了，礼拜一就动身去慕尼黑。"

饭桌上顿时安静了。每个人都想找点话说，但又怕说错话，最后便什么都没说。午饭就这样在一片寂静中结束了。

饭后，乔治去了花园，布兰德老夫人、费尔迪、缪丽尔和阿道弗斯爵士等人来到晨用起居室开了个家庭会议。缪丽尔哭了起来，弗雷迪则勃然大怒。

不一会儿，客厅里传来了弹奏肖邦夜曲的声音，是乔治弹的。他在宣布自己的决定后，仿佛是在心爱的乐器那里寻求慰藉和力量。

弗雷迪霍地立起身来。

"叫他停下来！"他叫道，"我不许他在家弹钢琴！"

缪丽尔拉铃叫来仆人，传了个口讯。

"请你跟布兰德先生说，老夫人头疼得厉害，让他别弹钢琴了。"

费尔迪见过大风大浪，和乔治谈判的活儿便落在了他头上。他受到的委托是，要是乔治肯放弃成为钢琴家的念头，便可得到一些承诺。如果他不愿从事外交工作，他父亲也不会逼他；不过，他要是肯竞选议员的话，除了支付选举费用，他父亲愿意在伦敦给他一套公寓，每年给五千英镑津贴。我不得不说这是个慷慨的提议。

我不知道费尔迪跟那孩子说了什么，我想他应该给他描绘了，拥有这样一笔收入的小伙子能在伦敦过上何等精彩的生活，我觉得他肯定把一切讲得十分诱人。

但无济于事，乔治要的不过是每礼拜五英镑，好继续他的学业以及不受别人打扰。他对将来的地位毫无兴趣。他不想打猎，不想打枪，不想当议员，不想当百万富翁，不想当准男爵，也不想成为贵族。费尔迪拗不过他，便气冲冲地走了。

那天晚饭后，一场激烈的较量开始了。弗雷迪性子急躁，不习惯别人逆他的意，狠狠地骂了乔治。我想他的话肯定不好听，家里的两个女人试图阻止他那激烈的言语，但都被他严厉地压了下去。这也许是弗雷迪有生以来第一次违背母亲的话。

乔治闷闷不乐地坚持到底，他已经下定决心。弗雷迪态度强硬，他禁止乔治返回德国。乔治说他已经二十一岁了，能自己拿主意，想去哪儿便去哪儿。弗雷迪发誓不给他一分钱。

"哦，那我自己挣。"

"你！你这辈子没干过一丁点儿活，你要靠什么挣钱？"

"卖旧衣服。"乔治咧着嘴笑道。

他们全都倒抽了一口气。

缪丽尔吃惊不小，于是，她说了一句蠢话："跟犹太人有什么区别？"

"我不就是犹太人吗？您不是吗？爸爸又何尝不是？人人都知道我们一家子都是犹太人，装作不是到底能有什么好处？"

随后，发生了一件令人震惊的事，弗雷迪突然放声痛哭起来，他的表现可不像身兼准男爵和议员两重身份的阿道弗斯·布兰德爵士，也不再像个体面的英国老绅士，倒是像情绪激动、爱子心切的阿道夫·布莱科格尔。他哭得这么狼狈，是因为他期待儿子成器的希望落了空，他一生的远大志向受了挫。他号啕大哭，又是扯胡子，又是捶胸膛，哭得身体不住地抖动。

接着，大家全都开始抹眼泪，布兰德老夫人和缪丽尔哭了，费尔迪一边抽着鼻子哭，一边抹掉脸上流下来的泪水，甚至连乔治也哭了。这情形当然令人心痛，但在我们秉性粗野的盎格鲁-撒克逊人①看来，恐怕有点丢人。

没有人试图安慰一下其他人，他们就这样哭个没完没了，家庭聚会就此结束。

情况依旧得不到改善，乔治依然我行我素，他父亲不肯跟他说话，后来又起了几次争执。缪丽尔想激起他的怜悯之心，但他对她可怜巴巴的恳求充耳不闻，似乎并不在意伤了母亲的心，也不在乎会要了父亲的老命。费尔迪站在运动家和社交达人的立场来恳求他回心转意，乔治则无礼地说了些侮辱人的话。布兰德老夫人和他讲道理，但他却听不进去。

---

① 盎格鲁-撒克逊人：属于日耳曼人的一支，历史学家比德认为他们是三个强大的西欧民族的后裔（yì）。

不过，到底还是老夫人有办法，她说要是他没有天赋，那他将一切美好事物统统抛弃是十分不明智的。乔治很赞成她的说法，他当然认为自己是很有天赋的，不过天赋这个东西谁又能说得准呢？老夫人和乔治一致认为，当一个二流的钢琴家并没有什么意思。如果他想证明自己是对的，那就必须有做钢琴家的天赋，这是他坚持下去的唯一理由。如果他真的有天赋，那么家人就不会再阻拦他了。

"你们不能指望我现在就展现出天赋吧，"乔治说，"我得练习好几年。"

"你确定你准备好了吗？"

"这是我活在世上唯一的愿望。我会拼命练习的，我只想你们给我机会。"

老夫人给出的计划是这样的，尽管他父亲决定一分钱都不给他，但他们总不能让孩子挨饿受冻。他之前提到每个礼拜只要五英镑。好吧，那她愿意付他这五英镑。他可以回德国学两年钢琴，但学习结束后必须回来，他们会找个够格、公正的人来听他演奏。如果到时这个人说他有希望成为一流的钢琴家，那他所选择的道路就不会再出现任何绊脚石，还会得到各种帮助和鼓励。相反，如果这个人觉得他天资不足，他就必须恪守诺言，放弃用音乐谋生的想法，并尽全力完成他父亲的愿望。

"奶奶，您是说真的吗？"乔治几乎不敢相信自己的耳朵。

"当然是真的。"

"但是爸爸会答应吗?"

"我会让他答应的。"她回答说。

乔治一把搂住她,兴冲冲地在她双颊上各吻一下。

"奶奶真好!"他喊道。

"好啦,你的承诺呢?"

他以名誉做担保,向她郑重许下诺言,他会如实遵守这项约定的内容。

两天后,乔治便回德国去了。他父亲勉强同意他离开,也实在是没法儿拦着，但不肯和乔治言归于好，临走时也不肯和他告别。

我想，他实在没有必要给自己找这样的不自在。我说句老生常谈的话，我们置身于广阔的天地中，像一粒尘埃那样渺小。人生这么短暂，干吗要不厌其烦地给自己找这么多不痛快。

乔治跟家人明确要求，在他求学的两年内，家人不能来打搅他，算起来，他还有几个月就要回家了。

缪丽尔听说我去维也纳出差，途中会经过慕尼黑，便拜托我过去看看他，她迫切地想了解儿子的近况。她给了我乔治的地址，我便提前写信给他，说我要在慕尼黑待一天，请他吃个午饭。

回到旅馆时，我收到了他的答复。他说他白天要练习，抽不出空来赴约，不过如果我能在下午六点钟去找他，他愿意带我参观他的工作室。要是我还有空的话，他很乐意和我一起度过这个晚上。

六点刚过，我就去了他给的那个地址。

他住在一栋大型公寓楼的二楼，我走到门口时，便听到了钢琴弹奏的声音。我按了门铃，钢琴声便停了，乔治给我开了门。

我差点没认出他来，他变得很胖，卷发留得特别长，乱糟糟地披在头上，显然已经三天没刮胡子了。他穿着脏兮兮的牛津裤、网球衫和拖鞋，指甲边上弄得一团黑。看来，他不太爱干净。

我们上次见面时，他还是个整洁、修长的小伙子，一身剪裁合体的衣服穿起来那么贵气。这可真是个让人震惊的变化,我忍不住想,费尔迪要是现在看到他,一定会目瞪口呆的。

这间工作室很大,但是空荡荡的,墙上挂着三四幅立体派无框油画,地上摆着几张破损得厉害的扶手椅和一架大钢琴,书、旧报纸和艺术杂志丢得乱七八糟。这里又脏又乱,还散发着过期啤酒的霉味和残留的烟味。

"你一个人住这里吗?"我问道。

"是啊!我只请了个清洁妇,她每个礼拜来两次。我自己做早饭和午饭。"

"你会做饭?"

"哦,我午饭只吃面包和奶酪,喝一瓶

啤酒。晚饭就到酒馆吃。"

他很乐意见到我,所以我也很高兴。他的精神似乎很好,人也非常开朗。他问候了他的亲人们,我们就这样东聊西扯起来。他一周上两次课,其余时间都花在练习上,他跟我说他一天要练习十个小时。

"变化不小嘛。"我说。

他哈哈大笑:"爸爸说我懒。我不是真的懒,我只是觉得在烦人的事情上下苦功夫没有意义。"

我问他钢琴学得如何,他似乎对自己的进步感到很满意。

我请他为我弹奏一曲。

他说:"现在不行,我累坏了。我一整天都在练习呢。我们出去吃顿饭,待会儿回来再弹给您听。一般我都去一个固定的地方吃晚饭,那里有几个比较熟的学生,可有意思了。"

他穿上鞋袜,套了一件很旧的高尔夫球外套,我们便出门了,一起走在宽阔、安静的街道上。

天气寒冷干燥,他的步子轻松愉快。他环顾四周,高兴地舒了口气。

"我喜欢慕尼黑。"他说,"这里连呼吸的空气都充满艺术,全世界只有一座这样的城市。毕竟艺术才是最有意义事情,不是吗?我讨厌回家。"

"可是,你总归是要回去的啊!"

"我知道,我终究会回去的。不过,回去的事就等到时候再想吧。"

"建议你到时候先去理个发。因为你看起来太像艺术家了,这样去见他们不太合适。希望你不介意我这么说。"

"你们英国人真是世俗得很!"他说道。

他把我领到小街上一家挺大的餐馆里时,时候还早,不过餐馆里已经挤满了用餐的人,这里的装修风格带有浓重的德国中世纪色彩。我们走到很里面,来到一张铺着红布的餐桌前,这是留给乔治和他的朋友们的。我们到的时候,那里坐着四五个年轻人:一个东方语言的波兰人,一个哲学系学生,一个画家,一个瑞典人和一个诗人,我觉得乔治那几幅立体派画作就出自其中那位画家之手。而那位诗人名叫汉斯·赖廷,他一边向我介绍自己,一边把鞋跟踩得咔嗒咔嗒响。他们没有一个人超过二十二岁,我夹在中间,显得有些格格不入。

他们称呼乔治时用的是"Du[①]"。我留意到乔治的德语讲得极其流利,而我已经好一段时间没讲德语,生疏了,所以没法过多参与这场热闹的谈话。不过,我还是感到很开心。

他们吃得不多,但啤酒喝了不少。他们聊起艺术,思想颇具革命性,大家虽然笑得很欢快,但都很诚挚。他们对技术窍门进行激烈的讨论,你来我往,大喊大叫。大家都非常尽兴。

慕尼黑是个欢乐而又庄重的城市,除了热闹的玛丽安广场,其他街道上

---

① Du:在德语里是"你"的意思。

是那样寂静和空旷。

到了十一点左右,我和乔治走回工作室。进屋后,他脱下外套说道:"我现在弹给您听。"

我坐在一把破破烂烂的扶手椅上,断掉的弹簧正戳在我的屁股上,不过我尽量试图让自己坐得舒适一些。乔治开始弹奏了,他弹的是肖邦的曲子。

我对音乐不是很了解,这也是我觉得这个故事很难写的一个缘故。每次去女王大厅听音乐会,幕间休息时,我连节目单都看不明白。什么是和声,什么是复调,我更是一无所知。记得我曾有过一次十分丢脸的经历:那是一次慕尼黑的瓦格纳音乐节,我在台下欣赏那场精彩的歌剧——《特里斯坦与伊索尔德》,却连一个音符都没听进去,真是惭愧!音乐刚起了个头,我就走神了,开始思考自己写的东西,我笔下的角色都活了过来,我听到他们促膝长谈,与他们同悲同喜。我唯一记得的是,当幕布最后一次落下的时候,我猛然惊醒了。这场演出,令我十分愉快,但我又忍不住想:我大老远地赶到这里,又花了这么多钱,结果却没有好好地听这场美妙绝伦的音乐会,真是傻到家了。

乔治弹奏的大部分曲子我都知道,那些是音乐会节目单经常出现的曲子。他也弹了贝多芬的《热情奏鸣曲》,弹奏得很有活力。我年轻时也弹钢琴,尽管弹得很糟糕,但是对曲子却十分熟悉,虽然过去很久了,但是我仍然记得每一个音符。当然,这是一部伟大的经典作品,这是不可否认的。不

过我承认，在那天晚上，这首曲子弹得并不动人。尽管乔治很卖力，弹得满头大汗，也尽量将这首曲子弹得很有气势，但不知道为什么，我总感觉他的弹奏有哪里不太对劲。后来，我发现是他的两只手并没有完全协调，因此曲调的低音和高音之间有微微的间隔。不过我再说一遍，我对音乐不是很了解。我感到不对劲，可能是因为他那天晚上喝了太多啤酒造成的，也可能只是我的幻觉而已。我极尽一切赞美之词来夸赞他。

"当然啦，我知道需要勤加练习。我不过是个初学者，但我知道自己能行的。我的直觉告诉我，我会成为钢琴家的，哪怕要花上十年的时间也在所不惜。"他弹得累了，便从钢琴上下来。

已过午夜时分，我说要告辞了，但他不肯放我走，说想聊几句。

"你在这里待得开心吗？"我问他。

"乐不思蜀，"他认真地回答，"我想永远留在这里。我这辈子都没这么开心过。比如今天晚上，这种生活不是很快乐吗？"

"是很快乐。不过，不能总过着学生时代的生活吧？你的朋友会变老，会各奔东西的。"

"其他人会来啊。这里总会有学生或类似的人。"

"是的，但是您也会变老。人到中年了还想过大学生的生活，还有什么比这更可悲的呢？明明是个老头，却要混到孩子堆里装小孩，还要劝自己说，小孩会把自己当作同类。这样岂不是很可笑？"

"我在这里很自在。但我爸爸却想让我成为英国绅士，一想起这件事，我就浑身起鸡皮疙瘩。我不喜欢运动，我对打猎、射击和玩板球毫无兴趣，我只是在演戏而已。"

"那你戏演得挺自然的。"

"我来到慕尼黑以后，才发觉以前的生活是那么不真实。其实，我很喜欢牛津，但我没有找到归属感。我演得不错，是因为演戏是我天生的本领。但我总觉得心里有什么地方没得到满足。"

我专心地听他说话。

"我以前讨厌听到费尔迪舅公讲那些犹太故事，觉得太刻薄了。我现在明白，那是他用来发泄的安全阀（fá）。我的天哪！当一个整日只知享乐的人有多累啊！爸爸倒是轻松一些，虽然在蒂尔比他要装作英国乡绅，不过一旦回到伦敦，他就可以做自己了。我卸了妆，脱掉戏服，终于也能够做最真实的自己了。真是松了口气！您知道吗，我不喜欢英国人。和你们在一起时，我从来猜不透你们心中的想法。你们无趣又守旧，一点也不洒脱。你们不自由，灵魂上不自由，是一群懦夫。"

"乔治，别忘了你也是英国人。"我小声嘀咕了一句。

他放声笑了。

"我吗？我不是英国人，我没有一点英国血统。您也知道，我是个犹太人，而且是个德国血统的犹太人。我不想当英国人，想当犹太人。我的朋

友们都是犹太人,您不知道我和他们在一起是多么轻松。我可以做真实的自己!在国内,我们竭力避免和犹太人扯上关系。妈妈因为长了一头金发,便觉得自己可以侥幸装作不是犹太人。真是可笑!您知道吗?我在慕尼黑的犹太人聚居区逛得很开心,我在那里打量着形形色色的人。我曾经去过法兰克福,那里有很多犹太人,我逛来逛去,瞧见长着鹰钩鼻的邋遢(lāta)老头和戴着假发的胖妇人。我找到了归属感,我本该吻吻他们。他们看着我的时候,我不晓得他们是否知道我跟他们是一样的人。我真希望自己懂得意第绪语①。我想和他们成为朋友,去他们家里吃犹太人的食物,或者做点别的什么事。我喜欢犹太人区的味道和生活气息,喜欢那里的神秘,喜欢那里的尘埃、邋遢和浪漫。我现在永远也无法停止对这种生活的渴望。这一切才是真实的。"

"你会让你父亲心碎的。"我说道。

"不是他心碎就是我心碎。他为什么不放过我?他还有哈利。哈利会成为蒂尔比的乡绅,他也能当英国绅士。他一定能把我们家打造成古老而体面的英国家族。我要的东西不多,我每个礼拜只要五英镑而已,头衔、庄园、盖恩斯伯格选区等一切统统留给他们吧。"

"嗯,事实上,你以自己的名誉郑重许下承诺,说两年后便会回去的。"

---

① 意第绪语:一种日耳曼语。

"我会回去的,"他不高兴地说,"利·马卡特答应来听我弹奏。您在英国待得自在吗?"

"不自在。"我说,"不过我在任何地方都不自在。"

他的兴趣自然不在我身上:"我讨厌回去。我知道那种生活会带给我什么,所以,我无论如何也不要做一个英国乡绅。天哪!那种生活真无趣!"

"金钱是好东西,而且我一直觉得当英国贵族也很自在。"

"钱对我来说毫无意义。我想要的东西用钱买不到,我碰巧也不是一个势利的人。"

天色已经很晚了,第二天我还得早起。我似乎没必要太过注意乔治说的话,他毕竟还不到二十三岁。时间才是人的良师益友。而且他的前途用不着我操心。

我跟他道了别,然后步行回到旅馆。星星在漠然的夜空中熠(yì)熠生辉。

我一大早就动身离开了慕尼黑,回到伦敦后,我没有告诉缪丽尔乔治对我说的那些话,也没有说他是什么样子,只是告诉她孩子身体健康,心情愉快,练习刻苦,似乎过着正直、勤俭的生活。

六个月后,他回家了。缪丽尔邀请我去蒂尔比度周末。费尔迪要带利·马卡特去听乔治弹奏,特别希望我能到场,我接受了这个邀请。缪丽尔到车站接我。

"您觉得乔治怎么样啦？"我问道。

"他变胖了，不过精神看起来不错。我觉得他很高兴能再次回来。他对他爸爸态度很好。"

"很高兴能听到这些。"

"哦，亲爱的，我真希望利·马卡特说他没有天赋。这样我们大家都可以松口气了。"

"恐怕会让他失望透顶吧。"

"人这一生难免会有些不如意的事，"缪丽尔干脆地说，"所有人都得学会面对。"

我被她逗乐了。

利·马卡特的到访是仓促而短暂的。她礼拜六晚上在布莱顿有一场演出，礼拜日早上乘车到蒂尔比用午餐，当天就要回伦敦，因为她下个礼拜一要在曼彻斯特举办一场音乐会。乔治的演奏安排在礼拜天下午。

"他练习得非常刻苦，"他母亲跟我说，"他不和我来接您也是出于这个缘故。"

我们在庄园大门处掉转头，沿着那条通往宅子的道路驶去，道旁长满榆树，显得很是雄伟壮观。但我发现他们没有设宴。

这是我头一次见到布兰德老夫人。我一直想见她，还在脑海里描绘过一幅稍显夸张的情景：一位独居于波特兰广场大宅里的犹太老妇人，治家手段专横，什么事都要插上一手。

她果然没让我失望，确实是个威风凛凛的人物。她的个头很高，身体硬朗却不粗壮。她显然长了一副希伯来人的面孔，上唇的汗毛很多，戴着一顶金属感很强的棕色假发。她穿的丝质裙子非常华丽，绣着有质感的花纹，胸前佩戴着一枚像星星一样耀眼的饰品，脖子上戴着一串钻石项链。她那布满皱纹的手上还戴着好几枚闪闪发亮的钻戒。她说话的声音很刺耳，带着浓浓的德国口音。缪丽尔介绍我的时候，她目不转睛地盯着我看，迅速对我做了个评判。至少在我看来，她没打算隐瞒她对我没有什么好印象。

"你认识我弟弟费尔迪很多年了是吗？"她喉中发着小舌音说道，"和我弟弟费尔迪来往的人非富即贵。缪丽尔，阿道弗斯爵士在哪里？他不知道客人来了吗？你不去叫乔治出来吗？他现在没学会的曲子到明天也学不会。"

缪丽尔解释说，弗雷迪刚刚和他秘书打完一轮高尔夫球，她已经告诉乔治我到了。

布兰德老夫人似乎觉得缪丽尔的回答太不让人满意了，便转头问我："我儿媳妇跟我说你去过意大利？"

"是的，我刚刚才回来。"

"那是个美丽的国度。意大利国王最近好吗？"

我说我不清楚。

"他小时候我就认识他了,他那时不是很强壮。他的母亲玛格丽特王后是我的闺中好友。他们认为他会一直单身。当他爱上那位黑山公主时,奥斯塔公爵夫人气坏了。"

她似乎属于早已逝去的历史年代,但她警惕性很高,我想什么也逃不过她那精亮的眼珠子。

不一会儿,弗雷迪走了进来,他穿着灯笼裤,显得整洁干净。他的胡子花白,还是那副有些专横的气势,但显然对老太太毕恭毕敬,他管她叫妈妈,这情景让人看了有些好笑,但也有点感动。

这时,乔治走了进来,他跟之前一样胖,但听从我的建议去理了发。他外表上的稚气已经慢慢褪去,现在成了强壮结实的小伙子。他快活地喝着茶,让人看了高兴。他吃了很多三明治和蛋糕,胃口还跟小孩子一样好。他父亲带着慈爱的笑容望着他。

我看了看他,对他们如此明显地偏爱于他并不感到惊讶。他纯真、迷人、热情、举止大方、为人率直、生性诚挚,确实讨人喜爱。

我不知道是因为他祖母给了暗示,还是出于他本人的善良,他显然在费

尽心思地对他父亲好。从他父亲那温和的眼神，听孩子说话的认真模样，以及那高兴、自豪且幸福的表情看来，你会觉得过去两年的疏远对他父亲来说是多大的煎熬。乔治是他的心肝宝贝。

早上，我们打了场三个人的高尔夫球赛。下午一点钟，费尔迪坐着利·马卡特的顺风车到了。我们坐下享用午餐。

利·马卡特的名字我很耳熟。她是欧洲公认最伟大的女钢琴家，也是费尔迪的老朋友。在她事业起步的时候，费尔迪的关注和资助帮了她的大忙，这次是他安排她到这里就乔治的前途发表意见。

有段时间，我频频去听她演奏。她一点也不装腔作势，弹钢琴就跟鸟儿唱歌一样，既不费力又非常自然。那银铃般悦耳的音符，从她轻盈的指尖自然而然地流出，你会觉得那些精妙的韵律似乎是她即兴创作出来的。他们曾跟我说，她的钢琴技巧很了不得。

我永远也无法判断，她的演奏给我带来的快乐，其中有多少要归功于她本人。在当时，她是你能想到的最空灵的美人，体态如此轻盈柔美的人儿竟然蕴藏着如此大的力量，真让人惊讶。她很纤细，眼睛大大的，长着一头秀丽的黑发，坐在钢琴前流露出孩子般的渴望，这是最动人的。她美得不食人间烟火，当她弹奏钢琴时，那抿着的唇上挂着淡淡的微笑，她似乎正在忆起属于另一个世界的声音。

然而，她现在已经四十来岁，身材不再窈窕（yǎotiǎo），而是发福了，脸也变胖了，但是接连的成功让她有了威严的气质。她干练、务实，说一不二。她的活力就像生来自带聚光灯似的让自己光芒四射。

她对别人的事情不太感兴趣，但她很幽默，能和他们聊得快活。她主导了大家的聊天内容，但没有进行长篇大论。

乔治几乎不说话。

她不时地看他一眼，但没硬拉着他聊天。

利·马卡特六点钟左右要出发去伦敦，他们便安排乔治四点进行弹奏。无论试奏结果如何，一旦利·马卡特离开，我就成了这里唯一不是他们家庭成员的人，我继续待在这里可能会有些碍手碍脚。所以，我装作第二天一早在城里有约，便问利·马卡特能否在走的时候捎我一程。

快到四点的时候，我们全都信步走进客厅。

布兰德老夫人和费尔迪坐在沙发上，弗雷迪、缪丽尔和我舒舒服服地坐在扶手椅上，利·马卡特则独自坐着。她本能地选了一张黑色栎木雕花的高背椅，那椅子看起来有几分王座的气势。她身着黄裙，衬托着她那浅褐色的皮肤，看起来非常漂亮。她的眼睛很美，脸上化了浓妆，嘴唇鲜红欲滴。

乔治一点也不紧张。我和他父母亲进去时，他已经坐在钢琴前了。他安静地看着我们落座，朝我微微一笑。他看到我们全坐好了才开始弹奏。他弹了肖邦的曲子，是我熟悉的两支华尔兹舞曲，一支是波洛内兹舞曲，一支是练习曲。他弹得很起劲。

我真希望自己对音乐有足够的了解,可以精确地描述出他当时的表现。他的弹奏力道很足,也有一股青春活力,但是我觉得他没弹出肖邦独特的魅力,那是一种难以言表的柔情,是怯怯的忧郁,是惆怅中透着的一丝欢愉,还有那隐隐的浪漫情怀,这些总让我想起维多利亚时代早期留作纪念的小物件。我心里再次隐约感觉他那两只手还是没有完全协调。

我瞥了一眼费尔迪,瞧见他略带惊讶地看向他姐姐。

缪丽尔定定地看着弹琴的乔治,但过了不久便垂下眼睑,余下的时间只盯着地板看。

他父亲也凝视着他,眼神很坚定,不过除非我看错了,他的面色也变得苍白,流露出近乎失望的表情。

音乐流淌在这个家族的血液里,他们一生中听过世界上最伟大的钢琴家的演奏,他们凭着本能就可以做出精确的判断。

在座唯有利·马卡特波澜不惊,她听得聚精会神,整个人如同壁龛(kān)[①]上的画像一样纹丝不动。

最后,他停了下来,在椅子上转过身来朝着她,但没开腔说话。

"你想让我跟你说什么?"她问道。

他们四目相对。

[①] 壁龛:最早指墙上供奉佛像的小阁子,后来泛指装修时在墙身上留出的用来作为贮藏设施的空间。

"我想请您明示,我将来是否有机会成为一流的钢琴家。"

"再过一千年也不能。"

片刻间,周围陷入一片死寂。弗雷迪垂头看向脚边的地毯,他妻子握住他的手。

乔治继续目不转睛地盯着利·马卡特。

"费尔迪跟我说了你的情况。"她终于说,"不要以为我受了他们的影响。这一切都不重要。"

她做了个横扫一切的手势,仿佛这间豪宅的客厅以及房间里所有奢华的物件,在她的眼里根本不值一提:"如果我觉得你有艺术家的潜质,我会毫不犹豫地恳求你为了艺术放弃一切。艺术是唯一有意义的东西。与艺术相比,财富、地位和权力一文不值。"

她看我们的眼神如此真诚,没有一丝傲慢之意:"我们是唯一有价值的人,我们赋予世界意义,你们只是我们的素材而已。"

我不太乐意和其他人一起被归类为"素材",不过这事儿现在无关紧要。

"我当然看得出你下了苦功夫练习。不要以为这些功夫是徒劳的。弹钢琴对你来说永远是一件乐事,你的鉴赏水平将是一般人无法企及的。瞧瞧你的手,那不是钢琴家的手。"

大家不由得扫了一眼乔治的手,那是我以前不曾留意过的。我震惊地看

到，他的手是那样胖乎乎的，手指又短又粗。

"你的辨音能力不够优异。我觉得你最多只能当个很好的业余爱好者。在艺术领域，业余爱好者和专业人士之间有着天壤之别。"

乔治没有作声，他的脸色变得煞白。

直到看到他的脸色，大家才知道他是听到了这些让他希望破灭的话语。随之而来的沉默让人相当不好受。

利·马卡特突然变得泪眼婆娑（suō）。

"不过，你也不要光听取我的意见。"她说，"我也不能完全保证自己每次都是正确的，你应该再去问问别人的意见。你知道帕岱莱夫斯基这个人善良慷慨，我会写信跟他说明你的情况。你可以去弹给他听，我敢肯定他会听你弹奏的。"

乔治这时挤出一丝微笑。他修养极好，无论自己有多难过，他都不想给别人添太多麻烦。

"我觉得没有这个必要，我乐于接受您的意见。说实话，您的话和我在慕尼黑的钢琴老师说的差不多。"

他从钢琴旁站起身来，点燃一支香烟，屋子里紧张的气氛得到了缓解，其他人也在椅子上稍微舒展了一下。

利·马卡特朝乔治露出微笑："我也来弹奏一曲好吗？"

"好的，请吧。"

　　她起身走到钢琴前,摘掉手上戴着的戒指。

　　她弹的是巴赫的曲子。我不知道她所弹的是哪些曲目,但我从中听出了那略微带有法式风情而又拘谨的德国宫廷礼仪,听出了惬意。人们在乡村草地上轻歌曼舞,苍翠的树木看起来如同圣诞树一般,阳光落在辽阔的德国乡村……此刻,我仿佛闻到了泥土的芬芳,感受到一股茁壮的力量似乎要深深扎根于大地母亲的体内。

　　她弹奏的姿态十分美好,柔和的光辉让人想起夏日夜空中光华闪烁的

满月。

我分出神来观察了一下其他人,想看看他们有多享受这种美妙的体验。他们听得如痴如醉。

她停了下来,嘴角上挂着浅浅笑意,然后戴上了戒指。

乔治淡淡地笑了。

"我想,这事就这么着吧。"他说道。

仆人们端来茶点。喝完茶后,我和利·马卡特跟大家告别,然后上了车。

我们开车赶到伦敦。她唠叨了一路,即便没有妙语连珠,也算得上兴致勃勃。

她告诉我自己早年在曼彻斯特的生活以及事业起步时的艰难。她这人还挺有意思的。她甚至没有提起乔治,那个插曲已经无足轻重了。事情一过,她便抛之脑后。

然而,我们并不知道蒂尔比现在正发生着哪些事情。

我们离开后,乔治就走出了客厅,独自站在观景房里看着窗外。

不一会儿,他父亲也出来了。很显然,弗雷迪今天胜利了,但他却一点也不开心。

很多时候,他的内心世界比女性还要敏感,自然能够体会到乔治心里的无奈与痛苦,一想到乔治内心承受的苦,就让他心碎不已,对儿子的疼惜不禁又多了几分。

他慢慢地走近乔治，乔治回过头和他打了声招呼。

当他看着乔治脸上那淡淡笑容时，喉咙里发出的声音都哽咽了。他的心头突然涌起一股无法抑制的情感，他发现自己想要将胜利的果实拱手相让了。

"听着，孩子，"他说，"一想到你如此失望，我就受不了。要不，你再回慕尼黑待一年，我们看看情况如何再决定呢？"

乔治摇摇头："不了，那也没有多大用处。我已经抓住机会试过了，就到此为止吧。"

"别太想不开。"

"您看，我唯一的愿望就是成为钢琴家，现在努力也没有用，光想想就叫人受不了。"乔治用尽全力才勉强地笑了一下。

"不然的话，你去环游世界吧？可以叫上牛津的朋友陪你一起去，费用统统由我来付。你都用功练习这么长时间了，也该散散心了。"

"爸爸，非常感谢您！这事我们再谈吧。我现在去散散步。"

"我陪你去好吗？"

"不用了，我想自己走走。"

接下来，乔治突然伸出手搂住父亲的脖子，在他的脸颊上吻了一下，然后动容地笑了笑便走开了。

弗雷迪回到客厅,他母亲、费尔迪和缪丽尔还坐在那里。

"弗雷迪,你怎么还不让孩子结婚呢?"老太太说道,"他都二十三岁了,也许婚姻会让他忘记烦恼。等他结婚有了孩子,很快就会和别人一样安定下来的。"

"妈妈,要他娶谁呢?"阿道弗斯爵士笑着问。

"这不是难事。前几天弗里林豪森夫人和她女儿维奥莱特来看望我。维奥莱特是个好姑娘,她以后一定会继承一笔不菲的资产。弗里林豪森夫人告诉我,如果女儿能够找到好对象,她丈夫雅各布爵士会出一笔丰厚的嫁妆。"

缪丽尔红着脸说:"我讨厌弗里林豪森夫人。乔治还年轻,不着急结婚,再说了像他这样的条件,什么样的好姑娘娶不到啊!"

布兰德老夫人用奇怪的眼神看了儿媳妇一眼。

"米里亚姆,你真是个蠢孩子。"她说话时叫的还是缪丽尔早就弃用的那个名字,"只要我还有一口气,就不许你做蠢事。"

她心里明白得很,缪丽尔说了那么多,就是不想让乔治娶个犹太姑娘。不过她也知道,只要她活在世上,弗雷迪和他妻子都不敢提这件事。

然而,乔治并没有去散步。也许是射猎的季节快要到了,他心血来潮,走进了藏枪室。

他拿起一把枪擦拭起来,那是他母亲送给他的二十岁生日礼物。自从他去了德国以后,这把枪就没人碰过。

突然,仆人们被一声枪响吓了一跳。他们进入藏枪室时,发现乔治躺在地上,胸前被子弹击中。

据说,那把枪是上了膛的,乔治在把玩时不小心走了火。关于这样的意外事件,人们经常在报纸上可以看到。